UN NOUVEAU DÉPART POUR L'AMOUR

UN ROMAN COURT

JEANINE LAUREN

Littleford House Books

MENTIONS LÉGALES

UN NOUVEAU DÉPART POUR L'AMOUR

Première publication en français en 2025 par Jeanine Lauren

Titre original : *Love's Fresh Start*

Couverture : 100 Covers

Publié pour la première fois au Canada et dans le monde entier.

ISBN : 978-1-997523-12-3

CHAPITRE 1

Pourquoi ai-je accepté de faire ça ? marmonna Sylvia Tremblay en réajustant son écharpe pour mieux protéger son cou de la brise printanière fraîche. Elle leva les yeux vers les nuages gris acier qui couvraient Sunshine Bay et espéra qu'il ne pleuvrait pas.

Parce que le médecin a insisté pour que tu essaies la marche, répondit la voix autoritaire dans sa tête, qui ressemblait étrangement à celle de sa défunte mère. Une voix pratique. Autoritaire. *Tu dois essayer quelque chose. Les pilules et la thérapie par la parole ne semblent plus fonctionner. Veux-tu vivre comme ça pour le reste de ta vie ?*

Comme si se promener parmi les jonquilles et les premiers bourgeons du printemps allait l'aider à surmonter ça. Mark était parti, et elle était seule. Elle serait toujours seule.

Arrête ça. Il est parti, et tu dois aller de l'avant. Tu dois retrouver ton ancien moi... la Sylvia que tu étais avant que ce nuage sombre ne s'installe sur toi. Avant Mark.

Sylvia acquiesça en accord avec la voix de sa mère, redressa les épaules contre la brise et continua à marcher.

Elle l'avait promis au médecin, et maintenant qu'elle était ici dans les jardins du parc de la ville, elle essaierait de profiter de la matinée. C'était une chose normale que de faire une promenade matinale. Et c'était plus sûr de marcher maintenant que l'après-midi. Elle avait moins de chances de croiser des gens le matin. Elle n'était pas encore prête pour les gens. Surtout les hommes. Elle ne s'était pas sentie à l'aise avec les gens depuis la maladie et la mort de Mark deux ans plus tôt. Depuis le noir...

Qu'est-ce que c'était ? Quelque chose avait attiré son attention. Petit et...

Noir.

Sylvia s'arrêta au milieu du chemin pour contempler le spectacle devant elle, et un petit soupir de contentement s'échappa de ses lèvres. Depuis combien de temps n'avait-elle pas souri ? Cela semblait faire deux longues années. Et pourtant, la voilà qui souriait en voyant un petit chat noir faire la sieste dans les premiers rayons du chaud soleil printanier qui avaient percé les nuages au-dessus.

Sylvia s'assit sur le banc à proximité, heureuse d'avoir trouvé cet endroit calme loin des gens. Les gens la rendaient nerveuse. Mais les animaux, surtout ce chat...

Le chat sortit brusquement de son sommeil et bondit sur ses quatre pattes. Sylvia sursauta de surprise.

— Tu m'as fait peur, dit Sylvia. Le chat lui faisait face, les yeux méfiants, reculant vers les broussailles près du chemin.

— Oh, ne pars pas si vite. Viens, minou, minou. Sylvia se leva et tendit la main, souhaitant que le chat s'approche d'elle. Le chat se retourna et courut vers la sécurité des broussailles enchevêtrées, s'arrêtant pour se retourner, figé sur place, observant Sylvia.

— Vous n'arriverez pas à faire sortir celui-là, dit une voix profonde derrière elle. Sylvia se retourna pour voir un homme grand vêtu d'une salopette, lui souriant sous le bord d'une casquette de conducteur. — Ce chat est là depuis des années, poursuivit-il. Je le vois le matin quand je viens travailler. Elle n'aime pas beaucoup les gens. J'ai essayé d'être amical, mais elle s'enfuit.

— Peut-être qu'elle a toujours été sauvage. Le cœur de Sylvia battait la chamade. L'anxiété qui avait été sa compagne quasi constante ces derniers mois montait dans sa poitrine. Elle était surprise d'avoir même pu prononcer ces mots.

— Je ne pense pas, dit l'homme. On m'a dit qu'elle appartenait à un couple de personnes âgées qui vivait de l'autre côté de la rue. Ils sont morts dans un incendie il y a quelques années, et elle est ici depuis.

— Comme c'est triste, dit Sylvia. Elle jeta un coup d'œil au chat, ressentant soudain une parenté avec lui. Ils avaient tous deux été arrachés à leur ancien monde et forcés de trouver leurs marques dans un nouveau.

— Elle attrape beaucoup de souris, cependant. On n'en voit pas beaucoup à la gare.

— La gare ? demanda Sylvia, se félicitant de sa voix presque normale alors qu'elle luttait pour se détendre et respirer comme si elle parlait à des hommes étrangers tous les jours.

— Oui, derrière là. L'homme pointa du doigt un mur de planches peintes pour ressembler à une clôture en pierre. — Il y a un train qui circule tout l'été pour les enfants. Je le conduis et je fais une partie de l'entretien. La saison commence dans deux semaines, alors je suis ici pour préparer notre lancement de printemps.

— Les enfants doivent apprécier ça, dit Sylvia, se maudissant mentalement de continuer à s'engager avec cet homme. Elle voulait être seule pour communier avec le chat qu'elle regardait. Le chat l'observait en retour.

— Oh, oui, les enfants semblent aimer ça. Moi aussi, j'apprécie. J'ai toujours voulu conduire un train, alors je m'y suis mis après ma retraite. Il sourit.

— Hum-hum. Sylvia hocha la tête. Il n'avait pas l'air assez vieux pour être à la retraite. Il semblait avoir son âge.

Était-elle en train de remarquer un homme ? Qu'aurait dit Mark ?

— Je m'appelle Jack Robertson. L'homme tendit sa main vers elle, interrompant ses pensées.

Sylvia la regarda avant de la serrer lentement. — Sylvia Tremblay. Elle regarda dans ses yeux noisette qui, pendant un instant, semblèrent révéler de la douleur. Pendant un moment, Sylvia se perdit dans cette douleur. Jack se sentait-il aussi désespéré qu'elle ? Se demandant, comme elle, si ce sentiment disparaîtrait un jour ?

Peut-être qu'il était comme elle. *Seul*.

Ou...

Solitaire.

— Je ne vous ai jamais vue par ici avant. Êtes-vous nouvelle dans le coin ?

demanda Jack, affichant un sourire facile sur un visage marqué par une vie de rires. Sylvia se surprit à lui rendre son sourire, espérant que le sien paraissait sincère.

— Non, j'habite ici depuis des années, dit Sylvia. Mais je ne vais pas souvent au parc.

Pouvait-il entendre son cœur qui battait la chamade ? Les battements assourdissants dans ses oreilles lui donnèrent momentanément le vertige, et elle sentit la chaleur monter sous le col de son manteau ; son visage était sûrement écarlate. Elle sentit la chaleur s'accentuer sur ses joues. Jack la regarda, puis le chat, et leva le bras pour regarder l'heure sur sa montre.

— Eh bien, je devrais y aller. Bonne journée à vous, Sylvia.

— Oui. B-bonne journée à vous aussi.

La sueur froide qui avait commencé à lui monter dans le dos reflua tandis qu'elle regardait Jack se diriger vers le fond du jardin et disparaître par une porte dans la clôture.

— Eh bien, c'était embarrassant.

Sylvia s'assit de nouveau sur le banc, tremblante, et reporta son attention sur le chat.

— Je n'ai pas parlé à un homme depuis un moment. Sauf aux médecins, bien sûr, mais ce n'est pas pareil. Pas dans leur capacité professionnelle en tout cas.

Et elle le savait bien. Elle avait rencontré une ribambelle de professionnels de santé après l'accident et pendant la longue maladie de Mark. Sylvia secoua la tête, se ramenant au présent. S'enfoncer dans le terrier du passé menait toujours à la douleur.

Rappelle-toi l'objectif, Sylvia. Elle devait retrouver le chemin du monde, pas dériver sans but dans une mer de vieux souvenirs. Le chat la regarda, statue impassible.

— Mais assez parlé de moi. Dis-moi, comment puis-je te faire sortir de ta coquille, petit ? Tu as l'air un peu maigre. Tu ne manges pas bien ?

Le chat cligna des yeux, se retourna et s'enfonça dans les broussailles.

Sylvia resta assise, fixant l'endroit où le chat avait disparu, jusqu'à ce qu'elle prenne conscience que l'air froid du printemps s'était infiltré à travers sa veste trop fine.

— Bon, je suppose que c'est tout, marmonna Sylvia. Il est temps de bouger.

Elle se leva et commença à suivre le sentier qui serpentait à travers les jardins, jetant de temps en temps un coup d'œil dans les buissons pour voir si elle pouvait retrouver le chat.

Lorsqu'elle arriva au petit pont qui enjambait le ruisseau au centre du parc, elle s'arrêta un moment pour observer un canard colvert et sa compagne qui dérivaient dans l'eau au cours lent. Son cœur se serra. C'était difficile d'être célibataire alors qu'elle avait si longtemps fait partie d'un couple. Elle devrait s'y habituer ; il n'y avait pas beaucoup d'hommes intéressés par une femme potelée de soixante ans, surtout une dont chaque pensée était envahie de nuages sombres. Elle pensa à Jack, puis chassa rapidement ce souvenir. Ce n'était pas parce qu'il était le premier homme à qui elle avait parlé depuis des mois qu'il était intéressé. Peut-être n'était-il même pas approprié. Bien qu'il ait eu un visage bienveillant.

Au moins, elle n'était pas seule dans son malheur. Le groupe de soutien en ligne qu'elle avait trouvé rassemblait des femmes de tous les coins du monde occidental qui se lamentaient sur leur nouveau destin. Elles se connectaient au salon de discussion ou aux fils de discussion, chacune partageant son histoire, chacune pire que la précédente. Mais d'une certaine manière, c'était réconfortant de savoir que d'autres femmes partageaient son sort. Elle était membre d'un club exclusif avec le rituel d'initiation ultime : il suffisait d'être le conjoint survivant.

Sylvia passa devant une piste ovale où plusieurs hommes et femmes marchaient dans un schéma aléatoire mais organisé, certains seuls, d'autres en groupes, certains dans le sens des aiguilles d'une montre et d'autres dans le sens inverse, tous coexistant malgré leurs rythmes différents. Les gens souriaient en passant, et elle se força à se tourner vers eux et à leur sourire en retour.

Son médecin serait fier. Elle avait fait ce qu'elle avait promis de faire.

Mais que faire maintenant ?

Sylvia sortit l'horaire de bus de sa poche. Si elle se dépêchait, elle pourrait être chez elle à dix heures trente. Où elle...

Passerait du temps enfermée dans un salon de discussion avec d'autres femmes qui géraient leur chagrin à coups de pilules et de pitié ?

Non. Aujourd'hui, elle avait fait l'effort de sortir, et maintenant qu'elle avait réussi, elle ne rentrerait pas tout de suite. Aujourd'hui, elle irait au magasin acheter quelques produits de première nécessité : du lait, des œufs, des légumes frais, peut-être de la nourriture pour chat.

Résolue, Sylvia sortit du parc en direction du petit supermarché qu'elle appelait habituellement pour se faire livrer ses courses. C'était tôt un lundi matin, et il y avait peu de voitures garées à l'extérieur.

— Tu peux le faire, se dit Sylvia à voix basse. Tu as fait tes courses ici pendant des années.

Mais elle savait que c'était plus que ça. C'était la première fois depuis la mort de Mark qu'elle s'aventurait à faire ses propres courses. Les battements de bongo étaient de retour dans ses oreilles. *Respire, Sylvia.* Elle se dirigea vers la longue file de chariots, en tira un de son nid et le manœuvra vers les portes automatiques à l'entrée du magasin.

Les allées étaient presque vides, et elle trouva rapidement le lait et les œufs. En passant devant le rayon des produits laitiers, elle s'arrêta un moment pour lire les étiquettes des pots de yaourt. Elle avait vu des publicités à la télévision pour du yaourt grec, et avant de pouvoir s'en dissuader, elle en prit un petit pot. Direction le rayon des légumes.

Sylvia s'arrêta quelques minutes, admirant les couleurs des légumes : les poivrons rouges et les carottes oranges éclatants à côté des haricots verts. Des rangées de légumes-racines et de champignons — shiitake, blancs et portobello. Son estomac gargouilla, mais elle s'empêcha de remplir son chariot. Elle ne se donnerait pas la peine d'essayer de nouvelles recettes pour une seule personne. Quand Mark était vivant, elle aimait cuisiner pour leurs nombreux visiteurs, mais maintenant...

Elle prit une longue inspiration apaisante et s'efforça de faire taire les bongos déchaînés. Elle s'en tiendrait aux aliments faciles, bien qu'elle ait glissé subrepticement une botte d'épinards et de la laitue dans le panier, ainsi que des carottes et des betteraves rouges pour faire une salade fraîche. Son médecin serait content d'apprendre qu'elle essayait de manger plus sainement. Satisfaite, elle se dirigea vers le rayon des aliments pour animaux.

Là, les bongos revinrent, et elle se sentit étourdie en parcourant la gamme de nourriture pour chats. Comment allait-elle jamais choisir ? Que mangeait un chat ? S'arrêtant un moment pour respirer profondément et compter jusqu'à dix, elle attendit que l'anxiété se dissipe puis examina à nouveau les options. Pourquoi était-elle venue ici ? Elle n'était pas prête à faire ses courses.

— Mais qu'en est-il du chat ? marmonna-t-elle. Il est tout seul, et maigre à cause de si peu de repas. Tu peux le faire.

Il y avait quatre variétés différentes, et elle en prit une de chaque, les plaçant rapidement dans le chariot avant de le diriger vers la caisse. Bientôt, elle était de retour dehors, tenant deux sacs en tissu nouvellement achetés remplis de courses.

— Tu l'as fait, dit-elle en se tournant vers la rue et en marchant vers l'arrêt de bus le plus proche.

~

Jack entra dans le hangar où étaient garés les trains. Après ses vacances d'hiver, c'était agréable de retrouver l'odeur d'huile de moteur et les outils qu'il aimait tant. Le train n'avait pas roulé depuis la période de Noël, quand il l'avait conduit à travers le jardin d'hiver animé par les lumières qui décoraient chaque branche. Il sourit en pensant aux enfants profitant des balades festives. C'était l'un des plaisirs de son travail, les entendre s'extasier devant le spectacle puis applaudir lorsqu'on les rassemblait à la fin pour déguster un chocolat chaud.

Il s'approcha du coffre et disposa les outils dont il avait besoin pour réviser le moteur. Jack adorait cette partie de son travail. Il aimait bricoler le week-end avant de prendre sa retraite de son poste de directeur de banque deux ans plus tôt.

— Salut, Jack, le salua son collègue Tyler en franchissant la porte. Tu es en avance.

— Eh bien, j'aime commencer tôt.

— Vraiment ? Ou c'est Cassie qui t'étouffe toujours ? ricana Tyler.

— Elle a de bonnes intentions. Et ce n'est pas aussi pénible que quand elle est revenue s'installer en ville. La fille adulte de Jack, Cassie, était arrivée environ deux étés plus tôt, quelques semaines après qu'Emma, son ex-femme, l'avait quitté.

— En tout cas, c'est bon de te voir et super de reprendre le train, dit Tyler. Et puis, ça vaut mieux que les travaux de jardinage qu'on m'a fait faire ces derniers mois.

— Tu comptes toujours suivre la formation de mécanique ? demanda Jack.

— J'économise pour ça depuis qu'on en a parlé à Noël. Je devrais avoir assez d'ici septembre.

— Bien joué, Tyler. Jack donna une tape dans le dos du jeune homme. Un homme doit aller après ce qu'il veut dans la vie. Ou qui il veut.

Jack repensa à sa rencontre avec Sylvia. Ses cheveux étaient une masse de longues boucles blondes, si différents du carré rouge foncé d'Emma, et elle portait des vêtements ordinaires, pas les tenues haute couture qu'Emma avait portées les deux années avant de le quitter.

Jack essaya de se concentrer sur ce que disait Tyler. Pourquoi comparait-il même ces deux femmes ?

Emma était partie. Comme ça.

Et Sylvia ? Il y avait de la douleur, dans ses mots et ses expressions. Peut-être était-elle comme lui, à la recherche de la pièce manquante qui faisait défaut depuis trop longtemps.

— J'ai oublié le meilleur, dit Tyler, tirant Jack de sa rêverie. J'ai parlé au patron, et il dit qu'il pourrait y avoir un poste à la ville une fois que j'aurai terminé.

— C'est une excellente nouvelle. Jack était content pour son jeune ami. Maintenant, mettons ce moteur en état pour l'été.

— D'accord ! Tyler se frotta les mains et s'approcha de l'endroit où Jack avait déjà disposé les outils. Ils commencèrent à planifier le travail à effectuer.

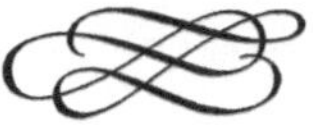

CHAPITRE 2

Jack rentrait chez lui, satisfait d'avoir accompli une bonne journée de travail. En traversant les jardins, il aperçut le petit chat noir tapi au sol, observant un rouge-gorge. L'oiseau se pavanait sur la pelouse, s'arrêtant tous les quelques pas pour picorer le sol. Jack s'arrêta pour regarder le chat ramper vers l'oiseau, le ventre près du sol, les oreilles dressées, concentré. Jack retint son souffle lorsque le chat accéléra sa course et bondit, puis secoua la tête quand il atterrit à l'endroit où l'oiseau se trouvait juste avant.

— Dommage, dit-il alors que le chat se relevait et regardait l'arbre où le rouge-gorge s'était maintenant perché. Le chat se retourna et marcha en direction de la gare. Avec un peu de chance, il trouverait une souris ce soir. Il semblait maigre après le long hiver.

Jack regarda autour de la clairière, espérant à moitié qu'il y ait quelqu'un d'autre qui aurait assisté à l'attaque ratée — une femme aux cheveux blonds bouclés, quelqu'un avec qui il pourrait partager ses pensées. La clairière était vide à l'exception du rouge-gorge qui était revenu sur le sol pour reprendre sa chasse aux vers. Jack chassa cette pensée. Il ne reverrait peut-être jamais Sylvia, et continuer à penser à elle était vain.

Il reprit sa marche vers la maison, et en approchant du petit ranch où il vivait depuis près de trente ans, il pouvait déjà sentir l'odeur du rôti de bœuf que Cassie avait promis de faire pour célébrer son premier jour de retour au travail.

— Salut, papa, dit Cassie alors qu'il entrait par la porte de la cuisine. Le dîner est presque prêt.

— Merci, ma chérie. Il sourit en passant devant elle pour aller à la salle de bain se laver les mains et se changer. Il l'écoutait s'affairer dans la cuisine. Elle était de bonne humeur. Peut-être qu'aujourd'hui, ils pourraient avoir un bon repas sans tout le drame.

Jack la rejoignit à table alors qu'elle posait des assiettes pleines de nourriture sur des sets de table fleuris qu'il n'avait pas vus depuis des lustres. Emma les avait achetés à Hawaï quatre ans plus tôt, lorsqu'ils avaient célébré leur trentième anniversaire de mariage. Il détestait ces sets de table et fit le vœu silencieux de s'en débarrasser.

— Comment s'est passée ta journée ?

— On a pas mal avancé. Tyler est revenu nous aider. Devait-il lui poser la même question ? Et puis zut. Comment s'est passé ton entretien d'embauche ?

— Bien, je pense. Cassie évita son regard. Je ne suis pas sûre de vouloir ce travail, cependant.

— Quel genre de travail veux-tu ? Comme s'il ne le savait pas déjà. Pourquoi ne pouvait-il pas simplement se taire ? Il savait que cette conversation ne finirait pas bien, et il venait juste de souhaiter qu'il n'y ait pas de drame.

— Ils ont publié les offres pour les camps d'été pour enfants. Si je fais ça en plus des cours de fitness que je donne, ça me donnera plus d'expérience avant... Cassie prit une profonde inspiration, et Jack se prépara. Papa, j'ai contacté l'université et je leur ai dit que je reviens en septembre.

— Je vois. Le cœur de Jack se serra. Donc tu as toujours ça en tête.

— À quoi t'attendais-tu ? Cassie le regarda comme s'il avait deux têtes. Il faut bien que je commence une carrière à un moment donné. Je ne peux pas juste m'occuper de toi. J'ai vingt-deux ans.

Jack prit une profonde inspiration et compta silencieusement jusqu'à dix avant de parler à nouveau. — Tu n'as pas à t'occuper de moi. Je ne suis pas un enfant.

— Non, mais tu as fait une crise cardiaque. Sa voix s'adoucit. Et je sais que c'est toujours présent dans ton esprit. Jack ne pouvait pas le nier. Bien qu'il affichât un front courageux avec Tyler et prétendît que Cassie était surprotectrice, il avait peur de ce qui se passerait si elle partait.

— N'y a-t-il pas moyen que tu finisses ici ?

— Papa, on en a déjà parlé mille fois. J'ai besoin de retourner à Kelowna pour finir mes cours, sinon ça prendra une éternité. Il ne me reste qu'un an, et si je n'y vais pas en septembre, je devrai reprendre un tas de cours.

— Tu dis ça, mais on sait tous les deux que tu partiras et ne reviendras jamais. La voix de Jack s'éleva, et il avait déjà honte de la tournure que prenait la conversation.

— On pourrait juste dîner ? Cassie fit un geste de va-et-vient entre eux. Mangeons, c'est tout.

— Tu serais probablement heureuse de me placer dans une maison de retraite, marmonna Jack.

— Maintenant, tu deviens ridicule. Elle découpa un morceau de rôti de bœuf, le mit dans sa bouche et mâcha.

À l'exception du bruit des couverts raclant la porcelaine, ils mangèrent le reste de leur repas en silence. Quand ils eurent fini, Cassie ramassa les assiettes et débarrassa.

— Je reviendrai plus tard. Je vais courir.

Jack acquiesça en se dirigeant vers le salon et s'installa dans son fauteuil inclinable. Prenant la télécommande, il zappa sur les informations et vit des images du visage familier du présentateur de télévision qu'il avait regardé pendant des décennies, tandis que la jeune femme maintenant assise à sa place parlait de la longue carrière du présentateur.

— Il nous manquera alors qu'il passe à un autre chapitre de sa vie.

— Mon œil qu'il va manquer à quelqu'un, grommela Jack. On l'aura oublié en moins d'une semaine.

Il regarda autour de la pièce familière, les murs semblant trop proches, trop étouffants.

Rien dans cette maison n'était confortable depuis qu'Emma était partie. Ce qui était autrefois un sanctuaire ressemblait maintenant à une prison.

Les étagères à proximité contenaient des albums photo pleins de souvenirs qu'il ne voulait plus — des souvenirs d'une vie partagée avec la femme qui lui avait brisé le cœur.

— Je vais faire une promenade, dit-il à la pièce vide.

Dehors, au grand air, Jack réfléchissait à ce qu'il devait faire à propos de Cassie. Il n'était pas prêt à ce qu'elle parte, mais il se sentait minable d'essayer de la faire rester. Il ne l'avait pas élevée pour qu'elle soit son infirmière, mais il ne savait pas ce qu'il ferait tout seul. La maison représentait trop de travail pour lui. Maudite Emma. Comment avait-elle pu les quitter comme ça ? Il ressentait encore le coup de poing dans le ventre comme si c'était hier.

Six mois seulement après la crise cardiaque qui l'avait contraint à prendre une retraite anticipée, il était rentré chez lui, excité d'avoir décroché un nouvel emploi à temps partiel pour travailler sur les trains du parc.

Emma était là, habillée pour sortir, arborant un nouveau manteau et une nouvelle coupe de cheveux avec une nouvelle couleur. Elle allait régulièrement à la salle de sport et portait des vêtements qui lui ôtaient des années. Il était fier de cette nouvelle Emma rayonnante, et son cœur se gonflait en sachant que cette belle créature était la sienne. Puis il vit les deux valises qu'il avait achetées pour un voyage en Europe. Ils avaient planifié ce voyage pendant des mois, mais maintenant les valises étaient posées près de la porte.

—Jack. Tu rentres tôt, dit-elle en regardant derrière lui vers la porte fermée, un froncement de sourcils sur le visage.

—Que se passe-t-il ? Son cœur commença à battre la chamade.

—Nous en avons déjà parlé. Elle passa

devant lui pour regarder par la fenêtre et vérifia sa montre.

—De quoi parles-tu ? Mais il savait, il savait depuis un certain temps que les choses n'allaient pas bien entre eux.

—Je t'ai laissé une lettre. Elle fit un geste vers l'enveloppe posée sur le manteau de la cheminée. Mais puisque tu es là, je vais te le dire en personne. Elle prit une profonde inspiration et le regarda droit dans les yeux. Je te quitte. J'ai réalisé il y a quelques mois, avant que tu ne tombes malade, que je ne serais pas heureuse à la retraite avec toi.

Jack se sentit pris de vertige. —Que dis-tu ? Nous planifions notre retraite depuis des années. Tu voulais faire du bénévolat au musée, jouer au golf, peut-être faire un voyage ou deux. Nous avions notre vie toute tracée. Ensemble.

—Non, Jack. Nous en avons déjà parlé plusieurs fois. Tu sais que je veux plus que du golf et un travail bénévole local. J'ai besoin de déployer mes ailes, de voir jusqu'où je peux voler. Nous nous sommes éloignés l'un de l'autre, et je suis désolée, mais je dois le faire. Elle secouait la tête en le regardant avec... était-ce de la *pitié* ?

—Tu n'as même pas remarqué, n'est-ce pas ?

—Remarqué quoi ? Il allait en dire plus quand le bruit d'un klaxon l'interrompit.

—Je dois y aller. Lorenzo est là.

—Lorenzo Baldonado ? Ton patron ?

—Oui. Ne sois pas si surpris. Tu devais bien savoir que je n'étais plus investie dans ce mariage depuis longtemps. Et maintenant que Cassie est à l'université... Je ne peux pas continuer comme ça, à faire semblant qu'il y a quelque chose entre nous. Lorenzo m'a demandé de l'accompagner en Espagne pour quelques mois, et j'ai dit oui.

—Tu as une liaison avec Lorenzo ? Il s'agrippa au dossier d'une chaise proche et se stabilisa. Pas question qu'il s'effondre devant elle, mais c'était difficile de rester debout avec le sol qui tanguait.

Emma le regarda pendant quelques instants puis parla lentement et délibérément, comme si elle s'adressait à un enfant - ou pire encore, à un vieil homme fragile. —Ne sois pas difficile. Si tu y réfléchis bien, tu te rendras compte que c'est pour le mieux. Nous n'avons plus rien en commun maintenant que Cassie a grandi et est partie.

—Depuis combien de temps ? Comment avait-il pu ne pas savoir ? Et pourquoi n'était-il capable que de poser des questions ?

Elle se dirigea vers la porte, l'ouvrit et mit les valises dehors sur le porche. —J'arrive dans un moment, cria-t-elle avant de se retourner vers lui. Quelques années.

—Quelques années ? Voilà qu'il recommençait avec une autre question.

—Je dois y aller. Tout le reste est dans la lettre.

—Qu'as-tu dit à Cassie ?

—Je l'ai appelée et je lui ai dit que toi et moi nous étions éloignés - que nous l'aimons tous les deux, mais que nous ne nous aimons plus l'un l'autre.

—Comment l'a-t-elle pris ? Sa petite fille venait tout juste de retourner à l'école après avoir manqué un semestre suite à sa crise cardiaque. Maintenant, elle allait être replongée dans ce tourbillon émotionnel, et rien de ce qu'il pourrait faire ne l'arrêterait.

—Elle avait l'air surprise, mais ça ira. Ce n'est pas comme si elle avait encore besoin de sa mère. Je lui ai dit que je lui enverrais un billet une fois que nous serons installés, pour qu'elle puisse venir nous rendre visite. Lorenzo a hâte de lui faire découvrir l'Espagne.

—Tu sais à quel point elle compte sur toi - sur nous. Elle sera anéantie.

—N'essaie pas de me faire culpabiliser. Cassie n'est plus une enfant. Elle s'en remettra. Elle se tourna vers la porte, s'arrêtant quelques instants pour regarder autour de la pièce. Je ne sais pas si cela t'aidera à donner un sens à tout ça ou non, mais je considère cela comme un mariage accompli, pas un échec.

Il resta là à la regarder, bouche bée. Plus de questions. Plus de mots. Plus aucun son.

—Au revoir, Jack. Je te souhaite une bonne vie. Et puis elle était partie. Il s'effondra sur le canapé, fixant la porte fermée, et sans y penser consciemment, les sons coincés dans sa gorge éclatèrent en un hurlement d'angoisse qui résonna dans toute la pièce, se poursuivant jusqu'à ce qu'il s'écroule d'épuisement.

Au cours des mois suivants, il découvrit qu'Emma préparait son départ depuis un certain temps. Elle avait vidé leurs comptes d'épargne et vendu certains de leurs biens, ne lui laissant que la maison, sa pension, le compte d'éducation de Cassie et un petit compte qu'il utilisait secrètement pour économiser en vue d'un cadeau pour Emma : ironiquement, des vacances de trois mois en Espagne. La note détaillait ses plans, y compris son hypothèse qu'il vendrait la maison, ce qui représentait la moitié de leurs biens.

Jack secoua la tête pour chasser ces souvenirs, revenant au présent, où il découvrit que ses pas l'avaient mené au parc.

Tandis qu'il se promenait dans les jardins, il respira l'air printanier et commença à se détendre. Il avait toujours aimé cet endroit et aurait aimé avoir quelqu'un avec qui le partager. Emma avait raison sur un point. Ils n'avaient plus grand-chose en commun.

Il ne se souvenait pas de la dernière fois qu'Emma avait marché dans les jardins. Elle préférait de loin marcher dans les centres commerciaux, dans les rues de la ville ou sur le tapis roulant de la salle de sport. Même quand ils visitaient Hawaï, elle refusait l'option de marcher dans une grotte de fougères pour voir les chutes d'Akaka, préférant manquer les parfums de fleurs d'hibiscus fraîches pour bronzer au bord de la piscine de l'hôtel.

En passant devant le banc où il avait vu le chat pour la dernière fois, il fut légèrement déçu de ne pas voir Sylvia, qui avait pris le temps d'essayer d'attirer le chat sauvage hors de l'ombre. Quelque chose chez elle l'avait marqué. Peut-être la verrait-il demain. Pour l'instant, il devait rentrer chez lui et s'assurer que Cassie allait bien. Elle serait bientôt de retour de sa course.

CHAPITRE 3

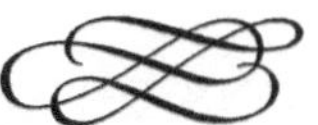

Le lendemain matin, Sylvia était allongée dans son lit. Sa jambe droite lui faisait mal et elle se sentait misérable. Le soleil lui faisait de l'œil à travers les lamelles des stores, l'invitant à sortir jouer.

Il est temps de se lever, disait la voix autoritaire de sa mère. Sa mère avait continué à avancer dans la vie malgré la perte de son premier enfant, de sa maison, de cinq frères et sœurs et de deux maris. Elle n'avait jamais compris les crises de dépression peu fréquentes mais sévères de sa fille aînée.

— Secoue-toi, disait sa mère.

Sylvia n'en avait pas envie.

C'est la dépression qui parle. Tu dois te lever, ou ce chat aura encore faim.

Sylvia se leva. Elle déplaça ses jambes vers le bord du lit, réticente à quitter la chaleur des couvertures.

Bouge-toi !

— D'accord, d'accord, marmonna-t-elle, se forçant à se lever, s'habiller et prendre un petit-déjeuner équilibré. Elle choisit un manteau plus chaud que celui qu'elle avait porté la veille et fouilla dans son placard jusqu'à ce qu'elle trouve une bonne paire de chaussures de marche.

Elle n'avait pas porté ces chaussures depuis trois ans, pas depuis qu'elle avait été arrachée à sa vie d'avant par quelqu'un qui avait brûlé un feu rouge et percuté sa voiture. Elle et Mark, qui conduisait, avaient été transportés d'urgence aux urgences.

Sylvia s'était réveillée dans l'environnement strict et stérile de l'unité de soins intensifs, essayant d'identifier où elle se trouvait, ne ressentant que le brouillard et la soif extrême qui suivent une anesthésie générale. Elle ressentait une douleur dans sa jambe droite. Elle avait été fracturée à trois endroits, nécessitant une intervention chirurgicale et un plâtre sur toute la jambe. Mark était là, attendant qu'elle se réveille. Il s'en était sorti avec seulement quelques égratignures et une douleur sourde et persistante dans le dos, quelque chose qu'il avait déjà ressenti occasionnellement avant l'accident.

Elle s'était rétablie rapidement et n'avait pas souffert d'effets secondaires autres qu'une cicatrice affreuse. *Mieux vaut une jambe avec une cicatrice que pas de jambe du tout*, aurait dit sa mère pragmatique. *Secoue-toi.*

— Si seulement je pouvais, dit Sylvia à voix haute.

Le chant simple d'une grive tira Sylvia de ses réflexions, et elle se concentra sur le chemin qu'elle avait suivi la veille. Elle respira le doux parfum des fleurs de cerisier et sourit. Arrivée au banc où elle avait remarqué le chat, elle s'assit et se pencha en avant pour scruter les buissons, s'efforçant de voir ou d'entendre le moindre signe de mouvement. Sylvia resta assise, observant et attendant, puis sortit une boîte de nourriture pour chat et une petite gamelle en étain d'un sac. Elle ouvrit la boîte et versa le contenu dans la gamelle, plaçant la nourriture juste sous les branches basses des buissons.

Elle retourna s'asseoir sur le banc, laissant vagabonder son esprit. Elle et Mark avaient été reconnaissants d'avoir échappé au pire.

— J'aurais pu te perdre, lui avait-il murmuré alors qu'il était assis à côté du lit d'hôpital, tenant sa main.

— Je ne suis pas si facile à éliminer, avait-elle répondu, tu ne vas pas échapper à m'emmener en France.

Il avait souri. — Tu veux que je te parle des catacombes ? J'ai trouvé une visite qui nous y emmènera pour seulement quelques euros.

— Tant que tu trouves quelque chose de joyeux pour finir la journée, avait-elle dit. Ils ont enterré des millions de personnes là-bas.

Ses yeux pétillaient de malice, et il pressa sa main entre les siennes. — On pourrait aller en Normandie après. Pour voir les champs de bataille.

Elle avait secoué la tête.

— Sérieusement, j'ai regardé les spectacles comme option. Le Moulin Rouge ?

— Ça semble charmant, avait-elle dit, avant de se rendormir.

Quand elle était rentrée de l'hôpital, ils avaient continué à planifier. Ils ne devaient travailler que trente-six courts mois avant de prendre leur retraite et de s'embarquer pour un voyage d'un an en Europe, en Asie et en Amérique du Sud. Ils avaient commencé à réduire la taille de leur maison, vendant leurs plus gros biens, donnant leurs vieux vêtements, livres et gadgets dont l'utilité avait été oubliée, faisant de la place pour leur nouvelle vie.

Sylvia frissonna en se rappelant ce qui s'était passé ensuite.

C'était le 18 août quand le cabinet médical avait appelé pour dire qu'il était urgent que Mark vienne chercher ses résultats d'examens. Mark était rentré du travail après le déjeuner, et elle l'avait accompagné chez le médecin. — Tu es meilleure pour les détails, avait-il dit, mais elle savait qu'il était inquiet. La douleur s'était aggravée.

Aucun d'eux n'était retourné au travail. Leurs journées étaient devenues un tourbillon de visites dans des laboratoires pour plus de tests, chez des médecins pour des seconds avis, et finalement chez l'oncologue, qui avait confirmé le sombre pronostic de cancer.

Allez, secoue-toi, insistait la voix autoritaire.

— Oui, je sais, la vie appartient aux vivants, dit Sylvia. Elle resta assise quelques minutes de plus, observant les feuilles et attendant un signe de mouvement. Déçue, elle fit le tour des jardins et descendit le chemin vers la piste ovale. Là, elle s'appuya contre une clôture grillagée et regarda les gens se promener autour de la piste. Certains d'entre eux, elle les avait vus la veille. Rassemblant son courage, elle passa par le portail, s'engagea sur l'anneau extérieur de la piste et commença à marcher, souriant à ceux qui passaient dans l'autre sens. Quand elle eut fait tout le tour de l'ovale, elle retourna là où elle avait laissé la petite gamelle. La nourriture avait disparu. Elle soupira de bonheur.

~

— Bonjour à nouveau. Jack s'engagea sur le chemin derrière Sylvia, la faisant sursauter. Il fit un signe de tête vers la gamelle vide. — On dirait que vous faites des progrès avec le chat.

— Ça prendra encore un moment, répondit-elle en se tournant brièvement vers lui avant de reporter son attention sur le buisson. Mais j'ai de la patience.

Il jeta un coup d'œil aux mains jointes derrière son dos. Pas d'alliance. Curieux, il n'avait pas essayé de déterminer le statut matrimonial d'une femme depuis des années, pas depuis avant sa rencontre avec Emma. Après le départ d'Emma, il avait évité de s'approcher des femmes. Les jeunes lui faisaient une peur bleue avec leur énergie et leurs idées. Les plus âgées l'effrayaient aussi. Elles étaient encore plus compliquées avec leurs vies passées et leurs relations.

Il observa Sylvia qui scrutait sous les feuilles. — Le chat a de la chance que vous le nourrissiez.

— J'ai de la chance qu'elle ait besoin de mon aide, dit Sylvia. Je n'ai pas eu beaucoup de raisons de sortir ces dernières années.

— Avez-vous été malade ? demanda-t-il, avant de se maudire intérieurement. Était-il trop indiscret ?

— Mon mari est décédé. Elle regardait toujours les buissons mais tourna la tête vers lui. J'ai du mal à recommencer. Je ne sais pas vraiment par où commencer. Ses yeux bleu ciel se remplirent de larmes.

— Je suis désolé pour votre perte, dit-il d'une voix rauque.

— Merci, répondit-elle en détournant à nouveau le regard vers le buisson. Je sais que les gens pensent que je devrais être passée à autre chose depuis longtemps. D'une certaine façon, j'ai l'impression qu'il est parti depuis toujours. D'une autre, eh bien, c'est comme si c'était hier.

— Chacun doit faire son deuil à son propre rythme. Jack se surprit à citer les nombreuses personnes qui lui avaient dit cela lorsqu'il avait perdu ses parents.

— Je suppose que oui. Elle se tourna à nouveau vers lui. Était-ce de la gratitude sur son visage rougi ? Je... je ferais mieux de rentrer chez moi, bégaya-t-elle.

Il ne voulait pas qu'elle parte et chercha une raison de la faire rester un peu plus longtemps.

— Écoutez, le train sera prêt pour la saison printanière dans quelques semaines. Aimeriez-vous être la première passagère ?

Elle acquiesça timidement. — J'aimerais beaucoup.

— Si vous me retrouvez ici lundi dans deux semaines vers dix heures du matin, je viendrai vous chercher.

— D'accord, dit-elle. Je serai là. Elle se retourna et commença à s'éloigner, puis s'arrêta et se retourna. M-m-merci.

Il la regarda partir, réfléchissant à ce qu'il venait de faire. Un tour en train comptait-il comme un rendez-vous ? Peut-être. Elle semblait avoir besoin d'un ami, et il se montrait amical. Il n'était pas vraiment intéressé par une femme qui semblait avoir peur de son ombre. Il resta un peu plus longtemps, la regardant s'éloigner, remarquant la façon dont ses hanches se balançaient.

— Qu'est-ce qu'elle a de spécial ? demanda-t-il à personne en particulier.

— Miaou, vint une réponse, et il se retourna pour voir le petit chat assis sous les feuilles non loin de l'assiette vide. Elle léchait sa patte et se lavait le visage, contente après son repas.

— Eh bien, il semble que quelqu'un soit d'accord avec moi, dit Jack au chat.

~

Sylvia s'éloigna rapidement de Jack. Venait-elle d'accepter un rendez-vous ? Non, il était juste amical. Comme ces fois où les gens disent : « On déjeune ensemble un de ces jours. » Il aurait probablement tout oublié d'ici lundi prochain. Mais s'il n'oubliait pas ?

Eh bien, elle n'aurait qu'à faire un tour en train. Où serait le mal ? Qu'importe si elle était une femme adulte ? Elle se dit de se détendre et de prendre les choses un jour à la fois. S'il était là à dix heures ce lundi-là, il serait là. Sinon, pas de rancune. En attendant, elle continuerait à nourrir le chat.

Elle espérait qu'il serait là. Il avait des yeux bienveillants.

~

— C'est définitivement un rendez-vous, proclama Alice, la sœur de Sylvia, lorsque cette dernière l'appela pour lui raconter sa journée. Que vas-tu porter ?

— Je n'y avais pas encore pensé. Qui sait s'il s'en souviendra même ?

— Je pense que tu devrais porter ce t-shirt bleu. Celui qu'on a acheté l'automne dernier. Celui qui fait ressortir tes yeux.

— Ce n'est qu'un tour en train.

— Et va t'acheter un bon soutien-gorge. Un qui met en valeur tes atouts.

— Alice !

— Ne me fais pas ton *Alice*. Tu sais que j'ai raison. Ce n'est pas comme si les hommes éligibles tombaient du ciel. Oh, et assure-toi d'avoir des préservatifs. Ce n'est plus comme quand on était jeunes. Il y a beaucoup plus de maladies maintenant.

— Qu'est-ce que tu en sais ? Tu es mariée depuis toujours.

— J'ai des amies. J'entends des histoires. Quoi qu'il en soit, pense à faire un petit effort. Peut-être te faire coiffer. Quand est-ce que tu t'es accordé du temps pour prendre soin de toi la dernière fois ?

— J'y réfléchirai. Et... Alice ? Merci.

— Quand tu veux, Syl. Je te rappellerai dans quelques jours. Je suis contente d'entendre que tu recommences à sortir. Je m'inquiétais pour toi.

Quand elle raccrocha, Sylvia grimaça. Sa sœur en faisait toujours toute une histoire pour un rien. Elle reprit le téléphone et composa le numéro d'Elaine. Elle n'avait pas eu de nouvelles de sa belle-fille depuis des semaines. En fait, Elaine appelait rarement maintenant. Elle avait appelé plus souvent quand elle avait commencé à décrocher des contrats et à chanter professionnellement, pour partager ses succès et ses échecs. Elle avait maintenant un emploi stable, chantant dans un groupe qui tournait en circuit, se produisant dans des salles à Vancouver et parfois à Toronto ou Montréal.

Elaine vivait et aimait sa vie, et Sylvia était fière d'elle, même si elle regrettait de ne pas avoir de ses nouvelles. Elle jouait à Toronto ces jours-ci, et avec le décalage horaire, il était plus difficile de se joindre.

Peut-être, pensa-t-elle, qu'Elaine ne voulait plus vraiment avoir de nouvelles de Sylvia. Elaine avait été très proche d'elle autrefois, avant la mort de Mark. Avant que sa mère ne revienne dans sa vie. *Oh, va-t'en*, répondit la voix intérieure. Et elle avait raison. Il n'y avait pas besoin de tirer des conclusions hâtives. Elaine était probablement juste occupée...

L'appel bascula sur la messagerie vocale, et Sylvia laissa un bref message. — Je pensais à toi et je voulais savoir comment tu allais.

Chassant les pensées d'Elaine de son esprit, elle se dirigea vers son bureau pour se connecter au chat sur la dépression, mais elle se retrouva bientôt à surfer sur Internet, lisant les avis clients des salons de coiffure à proximité. Une heure plus tard, elle avait pris rendez-vous pour une coupe et une coloration la semaine suivante. Alice avait raison. Bien qu'elle ne l'ait pas dit directement, Sylvia savait qu'elle s'était négligée ces dernières années. Il était temps de faire des efforts pour son apparence, de prendre soin d'elle à nouveau.

Sylvia s'est rendue au parc pendant les jours suivants, apportant de la nourriture pour chat qu'elle vidait dans la petite gamelle en étain. Chaque jour, elle rapprochait un peu plus la gamelle du banc, et chaque jour, la gamelle était vide lorsqu'elle revenait de sa marche sur la piste ovale. Son endurance augmentait, et elle faisait maintenant cinq tours de piste en se réjouissant de sa nouvelle routine.

Le dimanche, elle remarqua un morceau de papier plié sous la gamelle en étain. Il venait probablement de Jack. Pour annuler leur trajet en train, supposa-t-elle. Elle s'en était réjouie. Jetant un coup d'œil autour d'elle pour voir si quelqu'un l'observait, elle ouvrit le papier et lut les mots écrits en une cursive parfaite.

Bonjour, je remarque que vous nourrissez le chat tous les jours. Je viens de perdre mon chat après de nombreuses années et j'ai de la nourriture pour chat que j'aimerais donner. Pourrais-je organiser une rencontre avec vous pour vous donner la nourriture ?

Sylvia regarda à gauche et à droite mais ne vit personne qui l'observait. Elle replia soigneusement le papier et le glissa dans sa poche.

Elle ouvrit une boîte de nourriture pour chat et la vida dans la gamelle, plaçant celle-ci légèrement derrière le banc. Elle s'assit à nouveau, réfléchissant à la façon de répondre à cette correspondance inattendue. Elle sortit un stylo et un petit bloc-notes de sa poche — elle les avait avec elle depuis que Mark était tombé malade, pour noter les instructions, la terminologie médicale et les listes de choses à faire.

Elle commença à écrire.

Je suis désolée pour la perte de votre chat. Je sais à quel point il est difficile de perdre ceux qu'on aime. Je pense que ce chat apprécierait la nourriture que vous avez. Aimeriez-vous partager le nourrissage ?

Elle fit une pause et, prenant une profonde inspiration, ajouta son numéro de portable au bas de la note. Elle la plia rapidement, alla jusqu'à la gamelle, la glissa en dessous et s'éloigna. Elle ne se retourna que le temps de remarquer que le chat était sorti de sa cachette et dévorait le contenu de l'assiette.

Sylvia monta dans le bus peu après, se rappelant de respirer pour que l'anxiété ne s'insinue pas dans son cerveau et ne déclenche pas à nouveau ses palpitations cardiaques. À quoi avait-elle pensé en laissant son numéro de téléphone sur une note au milieu du parc ? Et si l'auteur était un tueur à la hache ? Ou... ou quoi ?

Le psychologue qu'elle avait consulté après la mort de Mark lui avait parlé des PNA : Pensées Négatives Automatiques. Elle devait les tuer en remettant en question leur validité. Peut-être n'avait-elle pas été particulièrement intelligente de laisser ses coordonnées à un inconnu, mais en réalité, quel était le risque ? Elle avait donné son numéro de portable. Sa ligne fixe, et non son portable, était celle liée à son adresse. Elle pourrait changer de numéro si quelque chose se produisait. De plus, combien de tueurs à la hache avaient une écriture parfaite ?

Elle prit quelques instants pour respirer profondément, réfléchissant à la situation. La personne essayait très probablement juste d'aider et de se débarrasser de vieilles croquettes. Elle pouvait tout aussi bien prendre l'auteur de la note au mot. Elle commença à se détendre, et l'anxiété qui s'était propagée jusqu'à sa poitrine s'estompa. *Pense à des choses positives. Ne laisse pas entrer les pensées négatives. C'est juste la dépression qui parle à nouveau.* Alors qu'elle écoutait les voix qui se battaient dans sa tête, elle était contente que personne ne puisse les entendre, sinon on saurait qu'elle devenait folle.

Sylvia regarda par la fenêtre et observa les bâtiments défiler. La distance jusqu'à son quartier était relativement courte, seulement trois ou quatre kilomètres. Peut-être devrait-elle essayer de marcher jusqu'au parc demain. Ou d'y aller à vélo. Pouvait-elle faire du vélo ? Elle avait vendu son vélo après avoir épousé Mark. Il préférait courir ou nager. Dix ans, c'était long, mais reprendre était censé être, eh bien, comme le vélo, ça ne s'oublie pas.

Quelques heures plus tard, son téléphone portable sonna, et elle le prit, s'attendant à ce que ce soit Alice ou Elaine. Au lieu de cela, une voix fluette à l'autre bout du fil dit :

— J'appelle au sujet du chat.

— Oh, vous êtes la personne qui a laissé la note.

— Je m'appelle Isabella. Je serais heureuse de partager le nourrissage du chat, mais je ne sors que tôt ces jours-ci.

Sylvia parla suffisamment longtemps avec Isabella pour fixer un rendez-vous le lendemain.

— Je vous montrerai la routine, pour que nous puissions continuer à gagner la confiance du chat, dit-elle. Et j'aimerais beaucoup avoir vos idées. Je n'ai jamais apprivoisé un chat sauvage auparavant.

Elle prit soin de se préparer le lendemain matin. Elle défrisa ses boucles et se maquilla, l'effaçant deux fois avant de réussir. Cela faisait si longtemps qu'elle n'avait pas mis de blush ou de mascara qu'elle était toute maladroite.

Elle considéra son reflet. Elle avait l'air bien, et elle espérait que le passage au salon améliorerait encore sa confiance.

Son anxiété était restée à distance toute la matinée. Elle allait rencontrer une femme au sujet du chat, puis elle irait au salon. Des choses normales pour une journée normale. Rien qui ne justifie de l'anxiété ou de l'inquiétude.

Une minuscule femme âgée était assise sur le banc quand Sylvia arriva.

— Isabella ?

La femme se tourna vers elle, et Sylvia réalisa qu'elle s'était trompée. Cette femme avait à peu près l'âge de Sylvia. Elle rayonna et se leva pour serrer la main de Sylvia.

— Je suis contente que vous ayez répondu à ma note. Je me sentais plutôt idiote, mais ma fille m'a dit que je n'avais rien à perdre, que je devais tendre la main ou rester coincée à l'intérieur pour toujours. Mon mari est décédé récemment. Son visage rougit. Mais vous n'avez pas besoin de savoir ça. Pourquoi ne me parlez-vous pas plutôt du chat ? A-t-il un nom ?

— Angel. J'ai nommé le chat Angel. Et je sais à quel point il est difficile de recommencer quand on perd quelqu'un qu'on aime. J'ai perdu mon mari il y a deux ans, et depuis, la vie me semble vide. Mais ensuite, je suis tombée sur Angel.

Isabella sourit.

— Vous comprenez vraiment. Merci de le dire. Elle fouilla dans son sac et en sortit une boîte de nourriture pour chat.

— Oh, elle semble vraiment aimer cette marque. Comme c'est merveilleux, dit Sylvia en voyant la boîte. Elle montra à Isabella la routine qui avait commencé à gagner la confiance du chat. J'espère que d'ici l'été, elle me fera suffisamment confiance pour me laisser l'emmener chez le vétérinaire et s'assurer qu'elle a ses vaccins et qu'elle est stérilisée. J'aimerais pouvoir la faire rentrer avant l'arrivée de l'hiver.

— Des objectifs admirables, dit Isabella. Je suis heureuse d'aider. Et sur ce, elle prit la petite gamelle et la remplit de nourriture pour chat, la plaçant derrière le banc, un peu plus près que là où elle se trouvait la veille. Venez-vous tous les jours au parc juste pour nourrir le chat ?

— Quand j'ai commencé à venir il y a quelques semaines, c'était pour prendre l'air. Et, oui, je suppose que je venais pour nourrir Angel. Mais maintenant, je m'arrête sur la piste derrière les arbres et je marche avant de rentrer chez moi.

— Je ne savais pas qu'il y avait une piste. Isabella souriait. J'étais coureuse. Avant.

Enfin, avant que mon mari ne se fasse tuer. Cela vous dérangerait de me montrer où elle se trouve ?

Sylvia ouvrit la voie à travers le parc, et les deux femmes marchèrent ensemble pendant plusieurs tours.

— J'ai toujours voulu courir le marathon de Boston, dit Isabella. Je n'ai pas couru depuis des années.

— Ça fait longtemps que je n'ai même pas envisagé ce que je voulais faire, dit Sylvia. J'ai toujours voulu voyager davantage. Mon rêve était d'aller en Italie pour un tour culinaire, et une fois, quand j'étais beaucoup plus jeune, je pensais que ce serait amusant de faire le tour d'une des îles du Golfe à vélo.

— Qu'est-ce qui vous en empêche ? Il doit bien y avoir des groupes qui font des voyages à vélo ensemble.

— Je dois d'abord réapprendre à faire du vélo. Sylvia rit. Ça fait une éternité que je n'ai pas fait de vélo, même stationnaire. Et puis, je dois me lier d'amitié avec Angel.

— Merci de me laisser la partager, dit Isabella. Ça fait longtemps que je n'ai eu personne, ni rien, qui dépende de moi. C'est bon d'avoir une raison de se lever le matin.

Elles se dirent au revoir, et Sylvia se sentit plus légère qu'elle ne l'avait été depuis des mois. *J'ai peut-être juste trouvé une amie.*

Elle repoussa ses pensées négatives habituelles et regarda sa montre. Elle allait devoir courir pour attraper le bus. Elle ne voulait pas être en retard à son rendez-vous au salon.

CHAPITRE 4

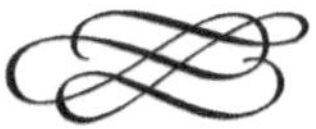

Lorsque Sylvia se leva du fauteuil du salon quelques heures plus tard, elle passa ses doigts dans les boucles de son nouveau carré. Les cheveux gris avaient disparu, et sa tête semblait légère, comme si un poids s'était envolé avec ses longues mèches. Elle fixa le miroir pendant un long moment, ayant du mal à croire que c'était son propre reflet qui la regardait.

— Vous avez complètement changé mon apparence, dit-elle à la jeune femme qui lui avait coupé les cheveux. J'ai l'air de l'ancienne moi. *La moi d'avant que Mark ne tombe malade. La moi d'avant...*

Au fond d'elle-même, elle se demanda si son apparence importait vraiment, puisque personne ne le remarquerait probablement de toute façon. Mais elle ferma les yeux et chassa ces souvenirs.

N'écoute pas la dépression, lui dit sa voix forte. *Ne la laisse pas gagner aujourd'hui.*

Elle passa à nouveau sa main dans ses cheveux. Elle avait l'air superbe, et elle avait commencé à se faire une nouvelle amie. C'était une bonne journée. Elle plaqua un sourire sur son visage et se dirigea vers chez elle. Elle allait s'arrêter à l'épicerie pour acheter des légumes frais, sortir son livre de cuisine préféré et préparer un bon dîner. Même si elle était seule, elle méritait un bon repas.

Jack grommela en rentrant chez lui, son estomac gargouillant. Cassie avait annoncé trois soirs plus tôt qu'elle allait travailler avec les camps de jour pour enfants cet été. Elle partait pour une retraite de planification d'une semaine.

— Je devrai être absente pendant cinq nuits, papa. Si tu as besoin de moi, tu peux appeler le bureau. Ils me transmettront le message.

Il n'avait pas grand-chose à dire à ce sujet et lui avait dit qu'il s'en sortirait. Mais il s'était réveillé tard et avait oublié de préparer son déjeuner la veille au soir. Puis il avait laissé son portefeuille sur la table de chevet, et Tyler avait appelé pour dire qu'il était malade. Il avait prévu d'emprunter quelques dollars à son jeune ami. Son estomac gargouilla, lui rappelant qu'il avait mal calculé toute la journée.

En arrivant chez lui, il alla directement au réfrigérateur pour chercher quelque chose à manger. Il ne détestait pas cuisiner, mais il en avait rarement l'occasion. Emma avait détesté sa cuisine, et depuis que Cassie était revenue, elle avait pris cette tâche en charge. *Merde.* Le frigo était presque vide. Emma ne l'aurait jamais laissé dans cet état, mais Emma n'était plus là, et Cassie était partie aussi.

— Argh ! Il alla dans sa chambre, changea sa salopette, prit son portefeuille et sortit. Il devait aller faire les courses.

Jack dirigea le chariot vers le bord du supermarché, se souvenant de ce que la nutritionniste lui avait dit. Il devait se tenir aux bords du magasin, où se trouvaient les aliments frais et les produits laitiers, et éviter les allées du milieu avec les aliments transformés. Il plaça une sélection de légumes colorés dans le chariot et se dirigea vers le rayon de la viande.

En tournant au coin, son chariot effleura un autre.

— Pardon, dit-il, et il leva les yeux pour voir des yeux bleus brillants le regarder. Son cœur fit un bond. Je ne regardais pas où j'allais.

Sylvia s'arrêta et le fixa avant de sembler retrouver sa voix.

— Jack ! Comment allez-vous ?

— Affamé, si vous voulez savoir la vérité, répondit-il sans réfléchir. Ma fille... je veux dire, *j'ai* oublié de faire les courses cette semaine.

Elle jeta un coup d'œil dans son chariot et lui sourit.

— On dirait que vous avez fait une bonne sélection. Qu'allez-vous préparer ?

— Je n'en ai pas la moindre idée. Je ne suis pas très doué en cuisine.

— Eh bien, il y a toutes sortes de possibilités dans ce panier, dit-elle. Il vous suffit de chercher des recettes sur Internet qui correspondent aux ingrédients que vous avez.

— Je ne peux pas dire que j'ai déjà fait ça. Il faudra que quelqu'un me montre un jour.

— Je peux vous montrer. Je... je veux dire... si vous avez quelques minutes, nous pourrions peut-être aller dans un café et je pourrais vous montrer sur mon téléphone. La plupart des cafés ont le wi-fi.

— Et si on faisait mieux ? Et si je vous invitais à dîner ? Il y a un petit restaurant grec près d'ici dont j'ai entendu dire qu'il était très bon.

— Oh... Je ne suis pas vraiment habillée pour aller au restaurant.

Elle baissa les yeux sur son jean et son T-shirt, et son regard suivit le sien. Elle avait l'air très bien pour lui, et il le lui dit.

— J'allais rentrer chez moi et préparer le dîner.

— Bien sûr, je n'y ai pas pensé. Vous avez sûrement quelqu'un à la maison pour qui cuisiner.

— Non, non. Ce n'est pas ça. Je veux dire, non, je n'ai personne qui m'attend. J'allais juste cuisiner pour moi-même.

— Voudriez-vous dîner avec moi ? demanda-t-il. Ensuite, vous pourrez me montrer comment trouver les recettes, et je serai prêt pour demain soir.

Les émotions défilèrent sur son visage. Il adorait la regarder prendre sa décision.

— Eh bien... Oui, j'adorerais dîner avec vous.

Elle sembla soulagée d'avoir pris la décision.

— Mais d'abord, je dois payer mes courses.

— Super ! dit Jack, un peu plus fort qu'il ne l'aurait voulu. Je vous retrouve devant le magasin dans, disons, quinze minutes ?

Il poussa son chariot vers le rayon de la viande, choisit de la viande maigre et fit un détour pour prendre un petit bouquet de tulipes. Sylvia semblait être le genre de femme qui apprécierait les fleurs.

Quand il sortit son chariot devant le magasin, il la trouva au coin de la rue, regardant un arbre.

— C'est un petit coquin, dit-elle en montrant du doigt un écureuil gris perché haut dans les branches au-dessus de sa tête. Il taquine les oiseaux.

Elle souriait largement, et Jack se surprit à rire et à partager son plaisir. Emma n'aurait jamais remarqué l'écureuil. Elle vivait à un rythme effréné.

Il s'arrêta un moment de plus, observant Sylvia. Elle était belle. Comment n'avait-il pas remarqué cela la première fois qu'ils s'étaient rencontrés ?

— Vous vous êtes coupé les cheveux.

Elle leva la main vers sa tête. — Oui, j'ai décidé que j'avais besoin d'un changement.

— J'aime bien.

— Merci.

Elle rougit, et il en fut ravi. Cela faisait longtemps qu'une femme n'avait pas rougi en sa présence.

— On va au restaurant ?

Il la conduisit à sa voiture et lui ouvrit la portière côté passager avant de charger leurs courses dans les sacs isothermes que Cassie insistait pour qu'ils gardent dans le coffre. En s'installant au volant, il se pencha pour lui tendre les tulipes qu'il avait achetées.

— J'ai pensé que ça te ferait plaisir, dit-il, se sentant un peu timide.

Sylvia rapprocha le bouquet pour en respirer le parfum. — Les tulipes sont l'une de mes fleurs préférées, lui dit-elle.

Elles existent en tellement de couleurs et égayent le monde après la fin de l'hiver.

— Tu es déjà allée au festival des tulipes dans l'État de Washington ?

— Non, mais il y a longtemps, je suis allée à celui d'Agassiz. Il y avait des hectares de fleurs. C'était à couper le souffle. Et toi ?

— Malheureusement, je n'ai pas voyagé autant que je l'aurais voulu, à part quelques déplacements occasionnels pour le travail.

— Où aimerais-tu le plus aller ? demanda-t-elle.

— En France, je pense. J'ai toujours voulu voir Paris.

— Mark et moi avions prévu d'y aller cette année mais, eh bien...

— Tu pourrais toujours y aller, dit-il. Remarque, il ne pensait pas qu'il irait un jour en Espagne. Pas maintenant qu'Emma l'avait gâché.

— Je suppose que je pourrais. Mais là où je veux vraiment aller, c'est en Italie. Avec tous ces films sur la Toscane, et les images des vignobles, je pense que ça doit être un endroit merveilleux à visiter. Toute cette nourriture incroyable. J'adorerais faire un tour culinaire.

— Pour ce soir, on devra se contenter de cuisine grecque. Il gara la voiture sur le parking du restaurant.

— Parfait, dit-elle. Je meurs de faim.

Et il réalisa qu'il avait tellement apprécié sa compagnie qu'il en avait oublié sa faim.

Ils s'attardèrent sur le dîner, partageant des histoires. Il lui parla de son travail à la banque, de son nouveau travail avec les trains, de la façon dont il encadrait Tyler. Elle lui raconta sa vie d'enseignante avant d'avoir quitté définitivement le travail. Ils parlèrent de leurs familles, de leur enfance. Elle lui parla d'Elaine et d'Alice, et il lui parla de sa fille.

— Cassie a l'air d'être une fille merveilleuse.

— Elle est ma plus grande joie.

— Et que voudrait-elle faire comme métier ?

— Elle veut être enseignante, répondit-il. En fait, il ne lui reste qu'un an de cours.

— Tu dois être fier.

Et il l'était à cet instant. Il était fier de sa fille et souhaitait sincèrement qu'elle obtienne son diplôme d'enseignante. En présence de Sylvia, il sentait que c'était une réelle possibilité. Elle le faisait se sentir moins seul. Moins nécessiteux. Il se sentait comme son ancien lui-même pour la première fois depuis très longtemps.

Le serveur commença à rôder alors qu'ils prolongeaient la soirée en discutant. — Je peux vous apporter autre chose ? finit-il par dire. Nous allons bientôt fermer.

— Oh. Sylvia regarda par la fenêtre le jardin assombri devant le restaurant. — Je ne pense pas que la nuit soit passée aussi vite depuis longtemps. Elle tendit la main vers son sac à main.

— S'il te plaît, dit Jack en posant sa main sur son bras. Laisse-moi payer le dîner.

Elle leva les yeux vers lui et sourit. — D'accord, tant que tu me laisses cuisiner pour toi un jour prochain. Je suis vraiment une bonne cuisinière.

Il la conduisit chez elle et fit une pause avant de sortir de la voiture pour lui ouvrir la portière. Elle était déjà debout sur le trottoir, tenant les tulipes et prête à récupérer ses courses.

— Merci encore pour le dîner, dit-elle. J'ai passé un moment charmant.

— Merci à toi de m'avoir accompagné - et d'avoir été une compagnie si charmante.

Elle rougit à nouveau, et il se sentit satisfait. Satisfait d'être la raison pour laquelle elle était troublée. Il prit son deuxième sac de courses et proposa de les porter à l'intérieur.

— C'est bon, je les ai, dit-elle. On se voit lundi prochain ?

— Dix heures. Il la regarda monter vers sa petite maison, sortir sa clé de sa poche et entrer chez elle.

Il avait hâte d'être à la semaine prochaine.

~

Sylvia entendit le bip du répondeur dès qu'elle entra. Alice avait appelé plus d'une fois pendant qu'elle était sortie, et le troisième appel datait de seulement trente minutes. Sa sœur semblait décidément inquiète, alors Sylvia composa son numéro.

— Salut, Alice. Désolée d'appeler si tard.

— Dieu merci ! J'étais inquiète. Où étais-tu ?

— Eh bien, j'étais en rendez-vous avec Jack.

— Jack ? Jack l'ingénieur ferroviaire ? Je croyais que tu allais faire le trajet en train la semaine prochaine.

— Je l'ai croisé à l'épicerie. C'était improvisé. Bref, il m'a emmenée dîner.

— Iiiii ! couina Alice, rappelant à Sylvia leur enfance. Raconte. Dis-moi tout.

On frappa à la porte. Sylvia fronça les sourcils et se faufila vers la fenêtre pour jeter un coup d'œil à travers les stores. Jack se tenait sur le porche, son sac à main à la main.

— Écoute, il se fait tard. Je t'appellerai demain, d'accord ? Je voulais juste te dire que je suis rentrée saine et sauve.

— D'accord, mais je veux des détails !

Sylvia raccrocha et alla à la porte d'entrée.

— Salut, dit-il. Tu as oublié ton sac à main, et je me suis souvenu... Eh bien, j'ai oublié de prendre ton numéro de téléphone.

— Salut, répondit-elle en retour, lui souriant comme si elle était une adolescente avec un béguin. *Ne sois pas si idiote, Sylvia. Il est juste gentil.*

Elle dit à son cerveau déprimé de se taire et de s'en aller. Elle n'allait pas le laisser gâcher sa soirée.

— Merci de me l'avoir rapporté, dit-elle. Je ne sais pas ce que j'aurais fait quand je me serais rendu compte qu'il manquait.

Il la regarda dans les yeux, attendant silencieusement. Son cœur battait la chamade.

— Tu veux entrer prendre un café ou un thé ? dit-elle, brisant le silence.

Il franchit le seuil avant qu'elle ne puisse changer d'avis, déposa son sac à main sur une chaise près de la porte, puis prit son visage entre ses mains. Il se pencha et chuchota : — Et j'ai oublié de t'embrasser pour te souhaiter bonne nuit. Je peux ? Elle hocha légèrement la tête avant que ses lèvres ne descendent sur les siennes, interrogatives d'abord puis gagnant en force alors que ses mains remontaient sur sa poitrine et autour de son cou.

Ses mains quittèrent son visage et glissèrent le long de son dos, la rapprochant tandis qu'il approfondissait son baiser. Un long moment plus tard, ils se séparèrent. — C'était encore mieux que ce que j'avais imaginé, dit-il, et elle sentit la chaleur d'un rougissement monter à son cou et ses joues. — Maintenant, avant que je parte, ce numéro de téléphone ? J'aimerais vraiment pouvoir t'appeler plus tard.

Elle rit de l'expression sérieuse sur son visage, et un petit frisson lui parcourut l'échine. Elle avait oublié ce que c'était que d'être désirée par un homme.

Ce n'est pas toi qu'il désire. Sa femme l'a quitté. Il est probablement juste seul. Ses pensées déprimées s'immiscèrent dans son euphorie.

— Laisse-moi prendre un stylo et du papier, dit-elle en le guidant vers la cuisine. Pendant qu'elle écrivait son nom et son numéro sur un bloc-notes près du téléphone, elle l'observa examiner la pièce.

— Tu ne plaisantais pas quand tu disais aimer cuisiner, n'est-ce pas ?

— Non. J'adore essayer de nouvelles recettes. Quand j'ai quitté mon travail, je pense que mes collègues regrettaient plus mes plats pour les repas partagés que moi. Voilà. Mon numéro.

Il prit le papier de sa main et l'attira près de lui pour un second baiser. — Je vais passer mon tour pour le café, si ça ne te dérange pas. Je dois aller travailler demain matin, et la caféine m'empêche de dormir.

— On remet ça, alors. Elle se fit une note mentale d'acheter du décaféiné. Elle ferma la porte derrière lui, s'étreignit elle-même, puis dansa jusqu'à la cuisine pour ranger ses courses et mettre ses fleurs dans l'eau.

CHAPITRE 5

Le lendemain, Sylvia était dans le bus pour rentrer chez elle après sa promenade au parc quand elle aperçut un magasin Canadian Tire. Sur un coup de tête, elle descendit à l'arrêt suivant. Elle irait voir s'ils avaient des vélos en promotion. Elle avait reçu de l'argent de l'assurance et n'avait jamais remplacé leur voiture, n'ayant pas eu le courage de reprendre le volant après l'accident.

D'un pas léger, Sylvia entra dans le magasin et scruta les panneaux au-dessus des allées. Ne voyant pas les vélos, elle se dirigea vers le rayon saisonnier, et les voilà qui s'alignaient en rouge vif, bleu pâle et vert métallique. Lequel choisir ? En prendre un ? Combien devrait coûter un vélo ? Devrait-elle comparer les prix ? Peut-être qu'elle ne savait plus en faire. Pourquoi était-elle descendue du bus ? Allait-il pleuvoir avant qu'elle ne rentre chez elle ?

Elle constata rapidement que les choix étaient moins nombreux qu'elle ne l'avait imaginé. Certains étaient pour enfants, d'autres pour hommes. Elle examina les quatre modèles qui correspondaient le mieux à sa taille et décida d'essayer le bleu poudre au bout de l'allée. Elle tira le vélo en avant, l'enfourcha et releva la béquille. Elle utilisa ses pieds pour pousser le vélo le long de l'allée puis s'arrêta pour regarder l'étiquette de prix. Cinquante pour cent de réduction. Elle descendit du vélo, parcourut l'allée et trouva un casque assorti. Cela faisait des années qu'elle ne s'était pas offert d'accessoires coordonnés. Puis elle trouva un panier pour le vélo. Elle aimait l'idée d'avoir un vélo comme celui d'Angela Lansbury dans la vieille série télévisée *Murder, She Wrote* — un vélo qu'elle pourrait utiliser pour se promener dans les ruelles, transportant ses courses dans le petit panier à l'avant.

— Je peux vous aider ? demanda un homme derrière elle. Surprise, Sylvia sursauta et, prenant une profonde inspiration, se retourna pour voir un jeune homme en uniforme du magasin qui lui souriait avec attente.

— Oui, dit-elle. Pourriez-vous me dire comment ce panier s'attache à ce vélo ?

— Puis-je ? dit-il en prenant le panier de ses mains. Il le retourna et le fixa facilement à l'avant du vélo.

— C'est assez simple, dit-il, lui montrant le mécanisme qu'elle devrait utiliser pour attacher et détacher le panier en quelques instants.

— En effet, dit-elle en souriant. Je vais le prendre.

Il acquiesça et commença à retirer le panier.

— Oh non, dit-elle. Je vais tout prendre. Elle plaça le casque dans le panier et poussa le vélo vers la zone des caisses.

Regardant dans la vitrine à l'extérieur du magasin, elle prit le temps de mettre le casque et de vérifier qu'il lui allait bien. Son courage nouvellement trouvé faillit l'abandonner alors qu'elle se tenait là, regardant la femme dans le miroir de verre. Se débarrasser de l'emballage du casque à l'intérieur du magasin était une décision impulsive qu'elle commençait à regretter en tâtonnant avec les sangles. À quoi pensait-elle ? Elle ne pourrait jamais faire du vélo aussi bien que dans sa trentaine.

Plus de PAN, se rappela-t-elle, puis, regardant fixement son reflet, qui semblait être d'accord avec elle, elle saisit le guidon, enfourcha le vélo et releva la béquille. Elle essaierait ici dans le parking tranquille, loin des voitures inattendues et des regards indiscrets. Elle poussa timidement avec son pied gauche. D'abord instable, elle commença à pédaler, souriant tandis que la brise caressait son visage et naviguant autour du parking sans incident. Elle serra lentement les freins sur les poignées, arrêtant le vélo devant la vitrine du magasin.

Pouvait-elle rentrer chez elle à vélo ? Les rues secondaires n'étaient pas très fréquentées entre le magasin et sa maison. Que pouvait-elle faire d'autre ? Elle ne voulait pas essayer de charger le vélo à l'avant du bus. Rassemblant son courage, elle s'arma de bravoure et pédala vers la maison.

Une fois arrivée, elle alluma son ordinateur pour vérifier ses e-mails — les seuls messages provenaient du salon de discussion sur le deuil. Elle répondit à quelques-uns. Une femme avec qui elle correspondait souvent s'était inquiétée de voir Sylvia s'aventurer à l'extérieur. « Et s'il t'arrivait quelque chose ? »

Sylvia sourit en répondant. « Il m'est arrivé quelque chose. J'ai eu un rendez-vous et j'ai acheté un vélo. » Puis elle se déconnecta de l'ordinateur, se fit une tasse de thé et s'installa pour lire un livre.

CHAPITRE 6

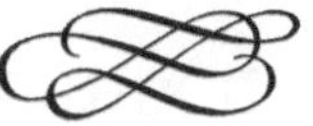

Sylvia s'habilla soigneusement pour aller au parc le lendemain, se demandant — espérant — qu'elle pourrait croiser Jack. Elle irait à vélo. Elle avait beaucoup réfléchi au vélo depuis sa conversation avec Isabella et espérait qu'avoir un objectif pourrait la motiver davantage. Si, à plus de soixante ans, Isabella pouvait s'entraîner pour le marathon de Boston, il n'y avait aucune raison qu'elle ne puisse pas s'entraîner pour un événement aussi. Elle surfa sur

Internet et décida que son premier voyage à vélo serait vers l'une des îles du Golfe plus tard cet automne. Elle choisirait laquelle plus tard, mais en attendant, elle ferait du vélo une heure ou plus par jour pour renforcer son endurance.

Elle fit le tour d'une des pistes cyclables du parc pendant une demi-heure avant de rattraper un homme à la démarche familière portant une salopette et une casquette de conducteur. Maintenant qu'il était là devant elle, elle ralentit un peu, attendant que l'anxiété montant dans sa poitrine s'apaise.

— Ce n'est qu'un homme, chuchota-t-elle pour elle-même. Un homme gentil. Et un excellent embrasseur. *Il ne s'intéresse pas à toi. Il est juste seul.*

Peut-être qu'au début, il avait simplement pris le temps de parler à une inconnue du sort d'un petit chat. Mais ce baiser ? Il y avait du désir derrière.

Elle pédale un peu plus vite, prévoyant de le croiser comme par hasard. Il s'approchait maintenant du parking et tapotait la poche de son pantalon, probablement à la recherche de ses clés. Il partirait bientôt, et elle manquerait sa chance.

Alors qu'elle accélérait — juste assez pour paraître décontractée et ne pas avoir l'air de poursuivre l'homme — il s'arrêta brusquement et pivota sur ses talons pour lui faire face.

— Jack ! dit-elle en freinant fort. Ahhh ! Elle réussit à l'éviter ainsi qu'une jeune femme poussant une poussette avant de perdre le contrôle et de s'écraser sur la piste cyclable pavée. Elle resta allongée un moment, le souffle coupé.

— Sylvia ? dit-il en courant vers elle. Ça va ?

Elle essaya de se dégager du vélo et grimaça à la douleur qui traversait sa jambe droite. — Je ne suis pas sûre. Ma jambe. Je pense qu'elle est cassée.

La femme avec la poussette s'était arrêtée pour voir le remue-ménage et proposa d'appeler l'ambulance. Sylvia se rallongea, reconnaissante que quelqu'un soit là pour aider et en même temps se sentant stupide d'avoir roulé trop vite.

— Pouvez-vous bouger ? demanda Jack en s'agenouillant à côté d'elle.

— Non. Je suis désolée, vous devez avoir d'autres choses à faire.

— Ne vous inquiétez pas pour moi, dit-il. Ce n'est pas tous les jours qu'une belle femme tombe littéralement à mes pieds.

Elle leva les yeux vers son visage et sourit malgré sa douleur. — Je parie que vous dites ça à toutes les filles qui s'écrasent à vélo dans le parc. Était-elle en train de flirter ? Mon Dieu, elle était complètement impuissante sur le sol, et elle flirtait.

Il rit doucement. — Jusqu'à présent, c'est seulement arrivé une fois. Il s'assit à côté d'elle, parlant et déplaçant doucement ses mains sur ses bras et ses jambes pour voir d'où venait la douleur. Quand il arriva à sa jambe droite, elle poussa un cri. — Oui, on dirait que c'est cette jambe la coupable. Je vais laisser ça aux professionnels. Vous entendez cette sirène ? Tenez bon. L'ambulance devrait être là d'une minute à l'autre. Comme sur commande, l'ambulance entra dans le parking, et deux ambulanciers en uniforme en sautèrent et se précipitèrent vers elle.

— Merci d'être resté avec moi, dit-elle à Jack.

— Pas de problème, répondit-il. Écoutez, si vous avez besoin de quoi que ce soit, appelez-moi. Il fouilla dans sa poche et sortit un petit bloc-notes et un stylo. — Et si ça ne vous dérange pas, j'aimerais vous appeler pour prendre de vos nouvelles.

Elle hocha faiblement la tête. — J'aimerais bien, dit-elle, et il glissa le papier avec son numéro dans la poche de sa veste.

— En attendant, appelez si vous avez besoin de quoi que ce soit. Je veux dire *quoi que ce soit*. Il attendit que les ambulanciers la séparent de son vélo et la transfèrent sur la civière. — Je le garderai à la gare jusqu'à ce que vous puissiez remonter dessus. Il tapota le vélo.

Elle voulut que les ambulanciers se dépêchent et la mettent rapidement dans l'ambulance. Elle ne voulait pas craquer devant Jack.

Finalement, ils ouvrirent la porte arrière de l'ambulance, poussèrent sa civière à l'intérieur et fermèrent la porte aux quelques spectateurs qui s'étaient rassemblés pour regarder. Le dernier visage qu'elle vit fut celui de Jack, l'inquiétude gravée sur son front alors qu'il lui faisait un petit signe de la main.

Pendant les douze heures suivantes, Sylvia vécut un sévère cas de déjà-vu en entrant aux urgences, en étant préparée pour la chirurgie et en se réveillant en salle de réveil avant d'être transférée dans un lit du service de soins aigus. La différence était que cette fois, elle était seule. Mark n'était pas là pour l'accueillir à son réveil.

— Bonjour, Madame Tremblay, gazouilla une infirmière. Comment nous sentons-nous aujourd'hui ?

Sylvia leva les yeux vers la femme qui n'était guère plus qu'une jeune fille et fit silencieusement le point sur son état. — Ma jambe me fait un mal de chien, mais sinon j'ai l'air d'être en un seul morceau.

— Le médecin sera là dans l'heure pour revoir votre dossier avec vous. Vous pourrez sortir après le petit-déjeuner, et l'assistante sociale vous rencontrera pour s'assurer que vous avez des soins à domicile. Prenez ce médicament pour la douleur, et quelqu'un vous apportera un plateau dans quelques minutes.

— Puis-je avoir mon téléphone portable ? demanda Sylvia, et l'infirmière s'exécuta en récupérant un sac en plastique attaché au pied du lit. Elle sortit le téléphone du sac et l'alluma. Rien ne se passa. La batterie était morte. Comment allait-elle appeler Isabella maintenant ? Le pauvre chat penserait qu'ils l'avaient encore abandonné.

L'infirmière lui tapota la main et lui dit de ne pas s'inquiéter. Il y avait des cordons de rechange à la station des infirmières, et elle en enverrait un avec le petit-déjeuner. — Ce que nous devons faire maintenant, c'est vous lever et vous habiller. Vous conduire aux toilettes. Pensez-vous pouvoir uriner ?

Sylvia lui dit qu'elle essaierait et s'émerveilla, pas pour la première fois, de l'obsession apparente du corps médical pour les mouvements intestinaux. Elle lutta pour déplacer son poids et balancer ses jambes au bord du lit, prit les béquilles offertes par l'infirmière, et les mania efficacement jusqu'aux toilettes sans assistance. — Malheureusement, j'ai beaucoup d'expérience avec celles-ci, dit-elle à l'infirmière qui planait à proximité. Je m'en sortirai toute seule. L'infirmière attendit que Sylvia entre dans la salle de bain et partit, satisfaite de l'évaluation de Sylvia sur ses capacités.

— Je m'en sortirai toute seule, répéta Sylvia à son reflet dans le miroir de la salle de bain tout en réfléchissant à ce qu'elle devait commander comme nourriture et comment elle ferait le travail à la maison avec des béquilles. Ce serait difficile, surtout pour les deux premières semaines, mais elle était sûre de pouvoir gérer. Elle avait géré pire.

Elle se réinstalla dans son lit juste au moment où le personnel de cuisine apportait son petit-déjeuner et le chargeur de téléphone promis. Elle brancha le téléphone et attendit qu'il reprenne vie. Il y avait cinq messages : deux d'Alice et trois d'un autre numéro qu'elle ne reconnaissait pas. Avant Alice, elle composa le numéro d'Isabella et lui raconta ce qui s'était passé.

— Je serai heureuse de nourrir Angel tous les jours jusqu'à ce que tu ailles mieux, lui assura Isabella, et elle admit que oui, elle s'était entraînée et pouvait maintenant courir dix kilomètres.

— C'est merveilleux ! dit Sylvia, se redressant trop vite et grimaçant alors que sa jambe protestait. Je rappellerai dans quelques jours pour te dire quand je serai de retour au parc.

Puis, avec un profond soupir, elle composa le numéro d'Alice.

— Il était temps que tu appelles. Tu es encore sortie pour un rendez-vous ? Alice semblait agacée, et Sylvia commença à se sentir sur la défensive. Pourquoi Alice la traitait-elle comme une enfant ?

— En fait, j'ai eu un accident. Elle entendit Alice haleter. Je vais bien. Je suis tombée de mon vélo et je me suis encore cassé la jambe.

— Qu'est-ce que tu faisais à faire du vélo à ton âge ?

— Qu'est-ce que ça veut dire ? Je ne suis pas vieille et décrépite.

— Oh, Sylvia, je sais ça. J'étais juste inquiète que tu sois sortie avec cet homme à nouveau, et qu'il ne soit pas aussi gentil que tu le pensais.

— J'apprécie que tu t'inquiètes pour moi, mais je suis une femme adulte.

— Je m'inquiète. Tu es ma seule sœur.

— Je vais bien aller.

— La fracture est grave ?

— C'est assez grave, mais seulement à un endroit cette fois. Ils m'ont opérée et m'ont posé quelques plaques. Je suis à l'hôpital, en attendant le chirurgien.

— Tu peux venir ici pendant ta convalescence. Je viendrai te chercher.

— Ne te dérange pas. Il te faudrait des heures pour arriver ici, et ce n'est pas nécessaire. Attends que je parle au médecin, d'accord ? Sylvia fut surprise par la colère qu'elle ressentait. Alice était envahissante, et pour la première fois depuis longtemps, Sylvia réalisa qu'elle ne voulait pas répondre aux questions de sa sœur ou céder à sa façon de penser. Elle ne voulait certainement pas aller chez Alice et être traitée comme une invalide.

— Si tu as besoin de moi, appelle-moi. J'ai des vacances que je peux prendre.

— Je le ferai, promit Sylvia, terminant l'appel avec un gémissement. Elle savait pourquoi elle était en colère. Mark n'était pas là, et elle ne voulait pas être dépendante de sa sœur. Elle ferma les yeux au souvenir de l'avoir soigné pendant plusieurs mois avant de céder à sa demande et de le confier à l'hôpital pour des soins 24 heures sur 24.

Un matin, elle avait trouvé son ex-femme dans la chambre d'hôpital, lui parlant comme seule une personne avec une histoire partagée et un enfant peut le faire. Elle s'était forcée à interrompre leur tête-à-tête, demandant depuis combien de temps leur réunion avait eu lieu.

Mark la regarda d'un air désolé. — Nous correspondons depuis quelques années, depuis notre accident et mon diagnostic, dit-il, et les genoux de Sylvia fléchirent si bien qu'elle dut prendre le siège de l'autre côté de son lit d'hôpital.

— Pourquoi ne me l'as-tu pas dit ? Y avait-il quelque chose à cacher ?

— Non. Non, dit Dierdre. C'est juste que nous savons combien tu as déjà à faire, et j'ai essayé d'aider Elaine avec sa carrière de chanteuse. Nous savons tous que j'ai échoué en tant que parent. Elle regarda Mark. Et en tant qu'épouse.

— Est-ce dans son intérêt de se lancer dans la musique ? Sylvia regarda Mark. Ce n'est pas une carrière très stable.

— C'est pourquoi j'ai appelé Deirdre. Elle a réussi dans le métier. Il se tourna vers Deirdre, excluant à nouveau Sylvia du cercle. Elle peut guider notre fille.

Ah. Elaine était *leur* fille. — Et je ne suis que la remplaçante qui l'a élevée ces dix dernières années. Sylvia les foudroya du regard, l'anxiété la submergeant et la rendant étourdie. Elaine avait été une âme perdue et en colère quand Sylvia avait épousé Mark et pris la fille sous son aile. Deirdre avait abandonné sa fille pour poursuivre sa carrière sur la route. Maintenant, c'était Sylvia qui allait être abandonnée. Par Mark et par Elaine.

— Ce n'est pas comme ça, dit Mark. Je t'aime. Elaine t'aime. Après que je... Sa voix se brisa. Après mon départ, Elaine aura plus que jamais besoin de toi. De toi et de Deirdre.

Sylvia regarda d'un parent à l'autre. Elle vit les traits d'Elaine dans leurs visages - le nez retroussé de sa mère, le sourire lent de son père - et elle céda. L'enfant qu'elle avait prise dans son cœur n'avait pas besoin de savoir à quel point elle se sentait trahie. Elaine n'avait pas besoin de croire que Sylvia ne soutenait pas ses rêves. Elle priait seulement pour que Deirdre tienne parole - qu'elle veillerait sur sa fille alors qu'elle s'aventurait dans ce métier capricieux.

— D'accord, je vais soutenir cela, dit-elle, se tournant vers Deirdre, mais tu ferais mieux de jurer d'aider là où tu le peux. Elle est très vulnérable en ce moment.

— Merci. Mark et Deidre poussèrent un soupir de soulagement, et Sylvia quitta la pièce pour réfléchir à la façon de vivre avec cette nouvelle révélation.

Un mois plus tard, elle se tenait au bord de la tombe de Mark, les larmes coulant sur son visage, et s'engagea à nouveau à aider Elaine dans les mois qui suivraient. Elle resta forte et aida Elaine à aller de l'avant dans sa vie, facilitant le renouveau de la relation de sa belle-fille avec Deirdre. Sylvia soutint Elaine alors qu'elle lançait son groupe, trouvait un agent et commençait à jouer sur le circuit national. Elle aida Elaine jusqu'à ce qu'elle puisse voler sans que Sylvia ne la soutienne. Ce n'est qu'alors que Sylvia sombra dans un profond chagrin et fut consumée par la dépression.

— Eh bien, rebonjour, madame Tremblay, l'interrompit le chirurgien dans sa rêverie. Comment vous sentez-vous ?

— Stupide, si vous voulez tout savoir. Je suis tombée de vélo.

Il rit de sa répartie. — L'opération s'est bien passée. Nous avons posé des plaques pour maintenir l'os en place, et ça devrait guérir assez vite. Vous devrez éviter d'utiliser votre jambe pendant environ quatre semaines, et je veux vous revoir en consultation la semaine prochaine. Elle l'écouta poursuivre sur les soins post-opératoires, le changement des pansements et la surveillance des infections. — Vous pourrez rentrer chez vous ce matin. Y a-t-il quelqu'un que vous souhaitez que nous appelions ?

— Non. J'ai mon téléphone. Qui pourrait-elle appeler ? Elaine n'était pas là. Alice habitait à trois heures de route et, après leur conversation précédente, Sylvia n'avait pas envie d'être traînée jusqu'à Kamloops pour que sa sœur la sermonne d'avoir fait du vélo. Peut-être qu'Isabella pourrait venir la chercher. Elle ne connaissait pas bien Isabella, mais elle semblait être quelqu'un qui pourrait l'aider.

Son téléphone portable sonna à ce moment-là, et elle tendit la main pour le saisir, regardant le même numéro inconnu avant de répondre à l'appel.

— Sylvia. La voix de Jack à l'autre bout du fil était un baume pour son anxiété grandissante. Elle répondit calmement à ses questions anxieuses sur son état. — As-tu quelqu'un pour rester avec toi ? demanda-t-il finalement.

— Je ne pense pas en avoir besoin. J'ai déjà eu une jambe cassée, et je suis plutôt autonome. Elle ne savait pas si elle essayait de le convaincre lui ou elle-même.

— Pourquoi ne viendrais-tu pas rester chez moi la première semaine ? Il fit une pause. — Je veux dire, j'ai une chambre d'amis au rez-de-chaussée où ma mère avait l'habitude de séjourner quand elle venait en visite. Ce ne serait que pour une semaine, le temps que tu commences à guérir.

— Mais on se connaît à peine.

— C'est vrai. Je suppose que j'ai pensé... ou que je n'ai pas réfléchi. Laisse-moi au moins te ramener chez toi.

— D'accord. J'apprécierais vraiment. Ils disent que je devrais être prête à partir dans environ deux heures.

— Je serai là, dit-il, et elle soupira de soulagement. Un problème de résolu.

~

Quand Jack arriva, l'infirmière passa en revue les instructions pour les soins post-opératoires. — Vous aurez besoin de quelqu'un pour vous ramener chez vous et rester avec vous pendant au moins vingt-quatre heures, de préférence quarante-huit, jusqu'à ce que vous puissiez vous débrouiller seule.

— C'est d'accord, dit Jack. Je vais m'occuper d'elle.

— Mais Jack...

— On en discutera plus tard, Sylvia. En attendant, rentrons chez toi. Jack poussa le fauteuil roulant jusqu'à l'entrée de l'hôpital et aida Sylvia à passer du fauteuil à sa voiture. Il rangea ses béquilles sur la banquette arrière et monta à la place du conducteur.

— Écoute, dit-il. Je sais que tu veux rentrer directement chez toi, mais je pensais que tu pourrais rester dans ma chambre d'amis pendant quelques jours. Je me sens en partie responsable, et l'infirmière a dit que tu devrais avoir quelqu'un avec toi. Ma maison est à quelques pâtés de maisons d'ici. Pourquoi ne pas venir déjeuner et décider ensuite ?

— Je suis assez fatiguée, dit-elle, puis elle regarda son visage déconfit. Mais j'ai aussi un peu faim. Et tu as raison. C'est probablement mieux que je mange quelque chose.

Jack sourit et conduisit les quelques pâtés de maisons jusqu'à chez lui. — J'ai regardé la chaîne cuisine ces dernières nuits, avoua-t-il. J'ai fait une excellente soupe aux légumes que tu pourrais apprécier.

— Allons-y, dit-elle en souriant. Je ne manquerais ça pour rien au monde.

~

Jack avait oublié que Cassie rentrait vendredi jusqu'à ce qu'elle passe la porte de derrière. — Salut, papa. J'ai une super nouvelle, dit-elle en laissant tomber son sac à dos par terre et en se tournant vers la table qu'il avait dressée pour deux. Oh, tu nous as préparé le dîner.

— Eh bien... Il essaya de trouver un moyen d'expliquer qu'il n'avait pas pensé qu'elle rentrait. Il ne voulait pas déclencher une scène. Pas avec un témoin...

Un témoin très spécial.

— Qu'est-ce que tu as préparé ? Cassie traversa la cuisine jusqu'à la cuisinière et souleva les couvercles des casseroles. — Ça a l'air délicieux. Elle se tourna pour le regarder. — Où as-tu appris à cuisiner ?

— J'ai eu un professeur ces derniers jours, répondit-il, nerveux à l'idée de lui parler de Sylvia. Il devait le faire bientôt, alors autant le faire maintenant... Ou peut-être dans quelques minutes. — Quelle est ta nouvelle ?

— J'ai parlé à maman l'autre jour. Elle rentre à la maison.

Jack posa ses mains sur le comptoir et regarda Cassie. — Ta mère est partie depuis plus de deux ans. Elle ne revient pas. Même si elle revenait, voudrait-il qu'elle revienne ?

— Ce n'est pas vrai. Cassie leva le menton vers lui et le fusilla du regard. — Elle m'a parlé sur Skype quand j'étais partie. Elle a dit qu'elle venait ici. Dans notre maison. Pour nous voir. Sa maison lui manque.

— Elle ne m'a pas contacté, dit-il lentement. Elle vient probablement te rendre visite, pas à moi. Il réalisa que c'était la vérité. Il n'y avait aucune chance qu'Emma revienne dans leur mariage.

— Ce n'est pas ce qu'elle m'a dit, dit Cassie en se promenant dans la cuisine. Tu veux que je serve la nourriture ? Ça sent vraiment bon. Au fait, qui est ton professeur ?

Il prit une profonde inspiration et dit : — Mon amie Sylvia est restée avec moi pendant qu'elle se remet d'un accident, et...

— Il y a une autre femme ici ? Cassie se tourna vers lui, le visage empreint de choc. — Et maman alors ?

— Je te l'ai dit. Ta mère n'a pas été en contact avec moi depuis son départ.

Cassie le fusilla du regard. — Qui est cette soi-disant amie à toi, d'ailleurs ?

— C'est moi, dit une voix mélodieuse depuis l'entrée de la cuisine. Ton père m'a permis de rester ici quelques jours jusqu'à ce que je m'habitue à mes béquilles et que je puisse me débrouiller seule.

— Et en retour, Sylvia m'a appris à cuisiner, ajouta Jack en faisant un geste de la main autour de la cuisine. Elle est vraiment douée.

— Où vous êtes-vous rencontrés tous les deux ? Le visage de Cassie était rouge, et Jack se prépara à l'explosion de colère. Il en avait déjà vu les signes auparavant.

— On s'est rencontrés au parc, dit Sylvia. Et votre père a eu la gentillesse de me laisser rester quelques jours après que j'ai eu un accident de vélo.

— Elle est restée dans la chambre d'amis en bas, ajouta Jack. Et aujourd'hui, nous célébrons le fait que Sylvia a eu une excellente visite de contrôle. Pas d'infection. Tout guérit comme il faut.

— Et quand rentrerez-vous chez vous ? demanda Cassie. Jack grimaça au ton de sa voix.

— En fait, votre père devait me ramener chez moi ce soir. J'ai hâte de reprendre le cours de ma vie — non pas que ton aide n'ait pas été la bienvenue, Jack, dit-elle.

Jack lui sourit. — C'était un plaisir. Je ne pouvais pas te laisser seule te débrouiller après que tu es tombée pour m'éviter. Il aurait aimé qu'ils soient seuls et puissent parler comme ils l'avaient fait ces derniers jours. Il voyait dans ses yeux qu'elle ressentait la même chose.

Cassie s'éclaircit la gorge et alla au placard et au tiroir pour prendre un autre couvert. Jack connaissait ce regard déterminé dans les yeux de sa fille. Ils n'auraient plus de temps en privé aujourd'hui.

— Que faites-vous dans la vie ? demanda Cassie à Sylvia alors qu'elle s'asseyait à table.

— J'ai pris ma retraite anticipée il y a quelques années, mais avant cela j'enseignais, répondit Sylvia. Principalement en CP.

— C'est ce que je veux faire, dit Cassie et, au moment où Jack les rejoignit avec une assiette de sandwichs aux légumes grillés, elles étaient plongées dans une conversation profonde sur l'enseignement. Il les observa en mangeant et vit que la nature généreuse de Sylvia gagnait Cassie tout comme elle l'avait fait avec lui.

Cassie les accompagna quand Jack déposa Sylvia chez elle, et ensemble ils aidèrent Sylvia à entrer dans la maison. Sylvia remercia à nouveau Jack pour son hospitalité.

— Je passerai demain après le travail pour voir comment tu t'en sors, dit Jack, ignorant ses protestations.

Elle céda. — Je serai là. Et peut-être que j'aurai trouvé comment me débrouiller suffisamment pour te préparer un dîner.

— J'adorerais venir dîner. Il l'embrassa sur la joue et remarqua que Cassie se détournait. Il n'avait pas voulu l'embarrasser. — Je suis content que tu ailles mieux, dit-il à Sylvia. Tu dois toujours venir faire un tour en train, tu te souviens ?

— Je me souviens, dit-elle, et elle s'appuya contre le montant de la porte. L'effort pour monter ses escaliers d'entrée l'avait affaiblie. Il devrait partir.

— Je passerai te voir demain. Au bas des escaliers, il se retourna pour lui faire un signe d'adieu, et elle était toujours là, le regardant. *Bon sang*, mais ça faisait du bien.

Le lendemain, Sylvia était allongée sur son lit, fixant le plafond et réfléchissant à ce qu'elle devait faire dans la maison. Les salles de bains avaient besoin d'être nettoyées, le frigo devait être rempli, et elle n'avait que quelques heures avant l'arrivée de Jack.

Souriant à elle-même, elle se leva et s'efforça de faire le lit. Plusieurs minutes plus tard, elle avait réussi et faisait face à la tâche de se laver et s'habiller. Sa jambe lui faisait encore mal, et alors qu'elle luttait pour descendre les escaliers, elle décida de rester au rez-de-chaussée pour les prochaines semaines. Elle dormirait sur le lit de jour dans son bureau.

À cinq heures ce soir-là, elle avait fini de préparer le dîner et mettait la table quand Jack appela.

— Sylvia, est-ce qu'on peut reporter le dîner de ce soir ? Cassie a appelé pour dire qu'elle avait préparé le dîner pour moi — mon plat préféré — et elle a demandé à quelle heure je rentrais.

— Je vois. L'humeur joyeuse de Sylvia s'effondra.

— Mais je passerai après le dîner, dit-il. Cassie a été absente quelques jours et semble se sentir mise à l'écart.

À quoi s'était-elle attendue ? Il avait une fille, tout comme Mark en avait une. Cassie, comme Elaine, était tout l'univers de son père. — Eh bien, pourquoi ne pas venir pour le dessert, alors ? demanda-t-elle avec espoir. *N'as-tu donc aucune honte ?* Les PNA étaient de retour. Elle n'avait même pas remarqué leur absence jusqu'à présent.

— Ça te dérange si j'amène Cassie ? demanda-t-il avec hésitation. Je veux dire, si elle décide qu'elle veut venir ?

— Bien sûr que non. J'ai fait une délicieuse tarte aux pommes et de la glace. Je ne peux pas manger tout ça toute seule.

— Nous... Je serai là, dit Jack. J'adore la tarte aux pommes.

— Je vous verrai vers dix-huit heures trente.

~

Jack commença à marcher vers la maison. Cassie avait appelé seulement une heure plus tôt, de façon inattendue et essoufflée, insistant pour qu'il rentre directement à la maison.

— J'ai une surprise pour toi, avait-elle dit.

— Quel genre de surprise ? avait-il demandé avec méfiance. Les surprises de Cassie n'étaient pas toujours bonnes, et dernièrement son refrain était qu'elle voulait retourner à l'école à Kelowna. Il espérait qu'elle ne se donnerait pas trop de mal pour le faire changer d'avis. La semaine sans elle n'avait pas été aussi mauvaise qu'il l'avait craint, et il savait qu'il s'en sortirait quand elle retournerait à l'école. Pour la première fois en deux ans, il avait hâte de voir ce que l'avenir lui réservait — et il espérait que cela inclurait Sylvia.

Il entra dans la cuisine, remarqua trois couverts sur la table et sourit. Sylvia avait semblé surprise et triste qu'il ne soit pas là pour le dîner, et pendant ce temps, elle prévoyait d'être ici tout le temps. Il devrait se rappeler de ne pas jouer au poker avec elle. C'était une excellente actrice.

Décidant que deux pouvaient jouer à ce jeu, il retarda son entrée dans le salon pour la saluer, choisissant plutôt de monter à l'étage pour se doucher et se changer. Il ne voulait pas gâcher leur surprise.

Quelques minutes plus tard, il descendit l'escalier en bondissant vers le salon, s'arrêtant à deux marches du bas pour fixer la femme assise là.

— Bonjour, Jack, dit Emma. Elle était dans le fauteuil face aux escaliers. Son fauteuil. Jack eut l'impression qu'une tonne de briques venait de s'écraser sur sa poitrine et faillit perdre l'équilibre sur les deux dernières marches.

Il la regarda et se demanda un instant si les trois dernières années n'avaient été qu'un rêve. Son visage, le même qu'il avait regardé chaque matin pendant trente ans, était là, lui souriant, le connaissant, aussi beau que jamais.

— Emma. Que fais-tu ici ? Je croyais que tu étais en Espagne.

— Elle est rentrée nous rendre visite, papa, dit Cassie en faisant des guillemets avec ses doigts autour du mot *visite* et en leur souriant joyeusement.

— Je vois. C'était donc ça ta surprise ? demanda-t-il à Cassie, regardant toujours Emma.

— Je suis venue te parler, Jack, dit Emma. Cassie m'a invitée à dîner, et nous avons passé l'après-midi à rattraper le temps perdu.

— Je vois, dit Jack, se rappelant que Sylvia avait utilisé ces mêmes mots avec lui il y a à peine deux heures.

— On passe à table ? demanda Cassie, visiblement ravie de les voir tous les deux dans la même pièce. Ça fait une éternité qu'on n'a pas dîné en famille.

Emma regarda Jack, et Jack regarda Emma.

— Oui, mangeons, dit finalement Emma, parlant pour eux deux. Elle n'avait pas changé. Elle se sentait toujours le droit de parler en son nom et de prendre des décisions qui l'incluaient sans son consentement. Il les suivit jusqu'à la table que Cassie avait dressée avec la plus belle vaisselle, et ils s'assirent à leurs places habituelles. Il se sentait mal à l'aise tandis qu'ils se passaient les plats autour de la table.

— Tu t'es occupé de toi, Jack, dit Emma, le détaillant de haut en bas. Tu as perdu du poids, et Cassie dit que tu marches plus.

— Papa apprend aussi à cuisiner, dit Cassie en tendant les pommes de terre à Jack. Il m'a fait le sandwich le plus délicieux hier.

Emma haussa les sourcils en le regardant. — Eh bien, ça c'est nouveau. Tu as fait quelques changements.

Jack coupa son poulet et en prit une bouchée, mâchant lentement, tout en réfléchissant à quoi dire d'autre. Avaient-ils toujours mené des conversations comme s'il n'était qu'une marionnette à qui ils fournissaient des mots ? Il écouta leur conversation en avalant péniblement bouchée après bouchée. Enfin, le repas se termina. Avec un peu de chance, cela signifiait qu'Emma allait bientôt partir.

— Je pensais que tu aurais vendu cette maison maintenant, dit Emma tandis que Cassie s'affairait dans la cuisine pour préparer le café. N'est-ce pas trop pour une seule personne à entretenir ?

— Eh bien, nous sommes deux à y vivre en ce moment, répondit Jack. J'ai pensé que Cassie avait eu assez de changements. Quand elle a perdu sa mère, elle n'avait pas besoin de perdre aussi la maison dans laquelle elle a grandi. Emma pinça les lèvres, et il sut que ses paroles avaient fait mouche.

— Mais elle retourne à l'école à l'automne. Que feras-tu alors ?

— Je me débrouillerai. Il la fusilla du regard. Où est Lorenzo ?

— Lorenzo est au centre-ville. Il avait une conférence en ville, et je suis venue avec lui.

— Je vois. Il fit une pause alors que Cassie reculait en passant la porte entre la cuisine et la salle à manger et se retournait pour poser sur la table un plateau avec deux tasses de café, de la crème et du sucre, des cuillères et quelques biscuits faits maison.

— Tu ne te joins pas à nous ? demanda-t-il alors qu'elle se dirigeait vers la porte d'entrée.

— Oh, je pensais aller courir pendant que vous discutez, dit Cassie. Je serai de retour pour sept heures.

Jack et Emma regardèrent la porte se refermer derrière leur fille.

— Dis-moi, Emma. Pourquoi es-tu vraiment ici ?

Il était six heures trente quand la sonnette de Sylvia retentit.

— Pile à l'heure. Elle adorait ça chez Jack. Il était fiable.

Elle se hissa sur ses béquilles et se dépêcha d'aller ouvrir la porte d'entrée pour trouver Cassie debout là, son iPod allumé, ses écouteurs dans les oreilles.

— Salut, Sylvia, dit-elle en retirant ses écouteurs. J'étais sortie courir et j'ai pensé passer voir comment vous alliez.

— Merci, dit Sylvia, regardant derrière Cassie vers la rue. Ton père n'est pas avec toi ?

— Oh, il est à la maison avec maman, dit Cassie avec insouciance. Elle est rentrée aujourd'hui. Elle nous manquait et a décidé de revenir.

— Je vois. *Je te l'avais dit. Personne ne veut de toi.*

Elle hurla intérieurement à ses pensées déprimantes de s'arrêter.

— Je voulais voir comment vous vous en sortiez maintenant que vous êtes de retour chez vous.

Sylvia sourit à Cassie, voyant tellement d'Elaine dans cette jeune fille. La dernière chose que Sylvia voulait être, c'était une briseuse de ménage.

— J'ai fait quelques ajustements, mais je m'en sors. Je suis même sortie prendre l'air cet après-midi. Un temps si agréable.

— Et vous avez cuisiné, dit Cassie en reniflant l'air.

— Oui, j'ai même fait une tarte aux pommes. J'ai pensé que ce serait une bonne façon d'utiliser les vieilles pommes que j'avais dans le frigo. La plupart des autres aliments ont dû être jetés. Mais j'ai pu me faire livrer de la nourriture du marché local. C'est quelque chose que je faisais souvent quand Mark, mon mari, était malade et que je ne pouvais pas sortir faire les courses.

— Je ne savais pas que vous étiez mariée.

— Il est mort il y a plus de deux ans. Cancer.

— Oh, je suis désolée. Le sourire de Cassie s'effaça un peu avant qu'elle n'ajoute : Je suis contente que vous alliez bien, Sylvia. Je devrais y aller. Je leur ai dit que je serais de retour à sept heures, et j'ai encore quelques kilomètres à courir avant d'avoir fini.

— Merci d'être passée, et dis à ton père que je vais bien. Pas besoin de s'inquiéter pour moi, dit Sylvia, fermant et verrouillant la porte avant de retourner à la cuisine sur ses béquilles.

Elle coupa la tarte, s'en servant une grosse part, et se versa une grande tasse de café décaféiné avant de se percher sur un tabouret près du comptoir, mettant sa tête dans ses mains et sanglotant. Elle était de nouveau seule, regardant de l'extérieur une famille réunie à ses dépens.

Inutile de pleurer sur le lait renversé. La voix de sa mère trancha à travers ses larmes. Elle fut surprise au point de se taire. La voix était de retour. Elle devait étouffer les pensées négatives.

— Je vais mieux. Ce n'est qu'un petit contretemps. Il était seul, et moi aussi. Je suis sûre que ça n'aurait pas marché de toute façon.

Elle releva la tête et regarda la grosse part de tarte devant elle. Elle mangeait si bien ces dernières semaines.

Sylvia remit la part à sa place initiale puis coupa la tarte en plusieurs autres parts avant de la couvrir de film plastique et de la mettre dans un panier. Elle allait apporter la tarte à sa voisine d'à côté, qui avait trois garçons adolescents : un remerciement pour toutes les fois où ils avaient déneigé son allée.

Elle avait laissé son téléphone portable sur le comptoir pendant son absence et avait manqué trois appels : le premier d'Alice, le deuxième de Jack et le dernier d'Elaine. À son retour, elle n'en rappela que deux.

~

Jack attendait qu'Emma lui réponde et sentit une colère longtemps oubliée monter dans sa poitrine. Elle l'avait quitté. Elle s'était tenue là et lui avait dit qu'elle partait, le laissant se débrouiller pour ramasser les morceaux quand elle avait franchi la porte.

— Je suis ici pour parler de Cassie. Tu ne peux pas la garder attachée à toi. Elle doit partir et se construire une vie.

— Qu'est-ce qui te fait croire que je la retiens, ou même que je le pourrais ?

— Elle te prépare le dîner tous les soirs. Je sais qu'elle a dit que tu apprenais à cuisiner, mais Jack, nous savons tous les deux que ce n'est pas vrai. Elle se ment à elle-même, elle te couvre.

— Emma, si c'est pour ça que tu es venue jusqu'ici, alors tu as perdu ton temps.

— As-tu dépensé tout son fonds pour l'université ? Est-ce pour ça que tu ne la laisses pas retourner à l'école ?

— Tu n'écoutes toujours pas, n'est-ce pas ? Je n'empêche pas Cassie de retourner à l'école. Elle est déjà inscrite pour la rentrée de septembre.

— Mais elle hésite à te quitter. Elle s'inquiète que tu ne puisses pas te débrouiller seul.

— Je peux très bien me débrouiller, rugit-il. Ce que je fais ne te regarde pas, de toute façon.

— Ça me regarde quand il s'agit de notre fille et de son avenir. Emma haussa la voix et se tint à l'autre bout de la table de la salle à manger. Je ne veux pas que sa vie soit comme la mienne.

Jack eut l'impression qu'elle lui avait asséné un coup bas pour la deuxième fois de la journée. — Vivre avec moi était si terrible ? Je pensais que nous étions heureux.

— J'avais juré que je ne finirais jamais comme ma mère. Que je ne resterais jamais à la maison à soigner quelqu'un au lieu de croquer la vie à pleines dents. J'ai construit ma carrière pour ne jamais avoir à faire ça. Et puis quand tu es tombé malade, eh bien...

— Quand je suis tombé malade, tu t'es rendu compte que tu avais fait une erreur en m'épousant, c'est ça ?

— Non. Elle s'approcha de la fenêtre et regarda dehors. Non, je ne peux pas regretter de t'avoir épousé, sinon je n'aurais pas Cassie. C'est une fille merveilleuse. Nous l'avons bien élevée, toi et moi.

— Super. Donc la seule raison pour laquelle tu es heureuse que je sois arrivé dans ta vie, c'est pour que je puisse te donner un enfant ? La douleur de son rejet antérieur le déchira à nouveau.

— Pas exactement. Elle s'arrêta et réfléchit un moment. Tu étais un meilleur homme que mon père.

— Joseph Staline était un meilleur homme que ton père. C'était un ivrogne, un paresseux, carrément désagréable, et, eh bien... ça ne vaut pas vraiment la peine d'en parler, n'est-ce pas ?

— Tu étais stable. Tu étais bon pour moi et pour notre fille. Tu n'as jamais eu un mot désagréable pour l'une de nous. Tu étais trop bien pour moi.

— Tu es partie parce que j'étais trop bien ? Qu'est-ce qui n'allait pas chez moi ? Qu'avais-tu besoin que je fasse, que je sois ? Je ne comprends pas.

Elle resta debout quelques minutes de plus avant de dire doucement : — Ce n'était pas toi qui n'allais pas, et ce n'était pas moi non plus. Elle fit un geste de va-et-vient entre eux. C'était nous. Nous ne fonctionnions plus. Ensemble, nous étions moins que ce que nous étions séparément. Tu ne m'inspirais pas à être meilleure, et je ne t'inspirais pas. Nous étions devenus banals. Fades. Et quoi que j'aie essayé de faire pour redonner vie à notre mariage, ça ne semblait pas marcher. Je suis désolée de t'avoir fait du mal. Je suis désolée d'être partie comme je l'ai fait.

— Les choses ne sont pas toutes roses avec Lorenzo ?

— Non. Elle rit. Lorenzo est trop imprévisible pour ça. Trop passionné. Mais il me pousse. Il me fait essayer plus fort. Je suis toujours un peu déstabilisée avec lui, et j'aime ça.

— Je n'ai pas vraiment envie d'entendre parler de la passion de Lorenzo.

— Je le déstabilise aussi, dit-elle. Je pense qu'il aime une femme qui lui tient tête.

— Je vous souhaite le meilleur. Et il fut surpris de constater qu'il le pensait vraiment.

— Il sera là pour venir me chercher dans quelques minutes. J'espère que Cassie reviendra avant. J'aimerais qu'elle le rencontre. Elle a dit qu'elle serait de retour pour sept heures.

— Sept heures. Il regarda sa montre. Six heures cinquante-cinq.

Sylvia. Il lui avait dit qu'il serait là à six heures trente. — Excusez-moi un instant, j'ai un appel rapide à passer. Il composa le numéro, et tomba sur la messagerie vocale. Où pouvait-elle être ? Peut-être aux toilettes, ou peut-être avait-elle laissé son téléphone dans sa poche dans une autre pièce. Il alla dans la cuisine le temps de laisser un message vocal.

— Sylvia, je suis désolé de ne pas avoir pu venir pour le dessert ce soir. Une urgence... familiale est survenue. Je t'appellerai plus tard pour voir comment tu vas.

Il retourna dans le salon pour trouver Cassie et sa mère en pleine conversation.

— Qu'est-ce que tu veux dire ? Lorenzo vient ici ? Pourquoi voudrais-je le rencontrer ?

— J'ai pensé que tu aimerais rencontrer ton nouveau beau-père.

— Beau-père ? Mais tu l'as quitté. Tu es revenue pour de bon.

— Pourquoi penserais-tu cela ? Lorenzo et moi sommes très heureux ensemble.

— Non. Ce n'est pas possible. Tu as dit que tu voulais parler à Papa. Cassie faisait les cent pas, et Jack se tenait en retrait, observant l'interaction, ne sachant pas comment, ou s'il devait, intervenir. Trop tard, Cassie le vit planer.

— Papa, dis-lui que tu la veux de retour. Dis-lui de rentrer à la maison.

— Je ne peux pas la forcer à faire ce qu'elle ne veut pas faire. Et ta mère a raison. Notre mariage est terminé, ça fait longtemps. Était-ce un regard de gratitude qu'il voyait dans les yeux d'Emma ?

— Tu devrais essayer plus fort ! Dis-lui combien tu as appris ces derniers mois sur la cuisine, sur les tâches ménagères. Dis-lui à quel point tu as changé.

Il s'approcha de Cassie, qui était maintenant en larmes, et la prit dans ses bras. — Cassie, autant que tu veuilles que ta mère et moi soyons ensemble, ce n'est plus possible. Elle est avec Lorenzo maintenant. Elle a une nouvelle vie en Espagne. Ma vie est ici.

Cassie s'arracha de son étreinte et siffla : — C'est à cause de cette femme, cette Sylvia ?

— Qui est Sylvia ? demanda Emma.

— Sylvia est une amie à moi, dit Jack doucement. C'est une femme avec qui je passe du temps depuis quelques semaines.

— Elle vit ici depuis une semaine ! dit Cassie, sa voix montant dans les aigus.

— Non, dit Jack fermement. Elle est restée ici avec moi pendant quelques jours le temps de se remettre de son opération. Elle s'était cassé la jambe, et ses médecins lui avaient conseillé de ne pas rester seule au début. Je me sentais responsable de son accident parce qu'elle était tombée de son vélo pour éviter de me percuter. Elle a dormi dans la chambre d'amis. Il se retrouvait sur la défensive, bien qu'il n'ait pas besoin d'expliquer cela à qui que ce soit, et encore moins à Emma. Elle est restée jusqu'à ce qu'elle puisse manier ses béquilles toute seule, et entre-temps, elle m'a appris quelques trucs en cuisine.

— Comment est-elle, cette Sylvia ? demanda Emma.

— C'est une femme sympathique, une veuve. Elle adore se promener dans les jardins du parc, elle aime la nature, et elle sait cuisiner. Et comment elle cuisine ! Il sourit en se remémorant la dernière fois qu'il l'avait vue. C'était aussi une excellente embrasseuse, mais il n'allait certainement pas partager ça avec ces deux-là.

— Donc tu l'aimes bien ? dit Emma, en l'observant attentivement.

— Qu'est-ce qu'il y a à ne pas aimer ?

— Sylvia n'a plus besoin de toi, Papa. Elle m'a dit de te dire qu'elle va très bien, interrompit Cassie.

— Quand as-tu parlé à Sylvia ? Le cœur de Jack se mit à battre la chamade.

— Je suis passée chez elle après le dîner. Je lui ai dit que Maman était de retour. Elle avait l'air contente d'apprendre que vous étiez de nouveau ensemble.

— Pourquoi dirais-tu ça ? lui demanda sa mère. Cassie, Lorenzo m'a demandée en mariage.

— Vous n'êtes donc pas de retour ? Tu ne reviens pas à la maison ?

— Non, dirent Emma et Jack à l'unisson. C'était probablement la première fois qu'ils étaient d'accord sur quelque chose depuis très longtemps.

— Non, pas de la façon dont tu le voudrais, poursuivit Emma. Bien que Lorenzo ait accepté de passer plus de temps au Canada. Tu me manques. Emma leur sourit à tous les deux. Lorenzo sera là d'une minute à l'autre. J'aimerais que vous le rencontriez tous les deux. Ça compterait beaucoup pour moi.

Cassie s'affaissa sur le canapé tout proche. Elle semblait petite et fragile, plus que Jack ne l'avait jamais vue. Un klaxon retentit dans l'allée.

— S'il te plaît, viens le rencontrer, Cassie, la pressa sa mère. Pour moi ?

Cassie soupira profondément, se leva et sortit pour rencontrer Lorenzo. Ce dernier se montra charmant, ce que Jack n'avait jamais vraiment été. Lorenzo parvint même à arracher à Cassie la promesse de venir en Espagne pendant les vacances scolaires de novembre. Emma rayonnait en les regardant.

Avant de partir, Emma traversa l'allée pour parler à Jack.

— Je suis contente d'apprendre que tu sors à nouveau. Et tu as l'air en forme. Je suis désolée de t'avoir accusé de retenir Cassie. S'il te plaît, accepte mes excuses.

— Merci, dit Jack, puis il l'embrassa sur les deux joues et lui dit au revoir.

Jack resta aux côtés de Cassie pendant qu'elle leur faisait signe de la main.

— Papa, pourquoi tu ne t'es pas battu pour elle ? demanda-t-elle.

— Ta mère n'est pas un prix à gagner, Cassie. C'est une personne à part entière avec son propre esprit. Elle l'a choisi, lui. Nous devons l'accepter.

— Oh, Papa, gémit-elle avant de courir dans la maison et de monter dans sa chambre, claquant la porte derrière elle.

Eh bien, pas de sortie ce soir. La dernière chose dont Cassie avait besoin aujourd'hui était de penser que son père l'abandonnait aussi. Il avait besoin de parler à quelqu'un. Et la seule personne qu'il avait vraiment envie de voir était Sylvia.

Il composa son numéro, mais le téléphone bascula directement sur la messagerie vocale. Il laissa un autre message et reposa le téléphone. Il devrait se faire pardonner auprès de Sylvia, et malgré ce qu'il venait de dire à sa fille à propos de ne pas se battre pour une femme, il réalisa qu'il affronterait des dragons pour Sylvia. Que lui faisait donc cette femme ? Elle n'était dans sa vie que depuis quelques semaines, mais elle s'était déjà fait une place dans son cœur.

156 | UN NOUVEAU DÉPART POUR L'AMOUR

CHAPITRE 7

Sylvia allait rendre visite à sa sœur Alice. Cela faisait longtemps qu'elle n'était pas retournée à Kamloops, la ville où elles avaient grandi. Elle boitait dans la chambre, faisant sa valise, et la roulait soigneusement tout en s'appuyant sur une béquille.

— Je peux y arriver, se dit-elle. Elle fut bientôt dans le taxi en route vers l'aéroport.

Quand elle atterrit à Kamloops, Alice serra Sylvia dans ses bras et la tint contre elle. — C'est bon de te voir, Syl. Tu es magnifique !

— N'est-ce pas ? répondit Sylvia. Elle avait perdu sept kilos au cours du mois dernier et, malgré sa jambe, se sentait en meilleure santé qu'elle ne l'avait été depuis des années.

— Combien de temps peux-tu rester ?

— Je suis là pour deux semaines, mais ensuite je dois rentrer. Isabella part en Oregon pour courir un semi-marathon début août. Je dois être à la maison pour nourrir Angel.

— Angel. Un très bon nom pour ce chat. Elle a certainement été un ange pour toi.

La visite chez Alice était exactement ce dont Sylvia avait besoin. Elle passait du temps avec ses nièces et son neveu pendant qu'Alice était au travail, préparait le dîner pour la famille tous les soirs, et se sentait généralement utile. Elle pensait souvent à Jack, mais le chassait de son esprit pendant ses journées actives et se retrouvait à s'endormir rapidement chaque soir, fatiguée par toute cette activité. Elle était presque désolée de partir.

— J'aimerais que tu puisses vivre ici pour toujours, lui dit son neveu de quatorze ans, James, quand ils l'accompagnaient à l'aéroport.

— Je reviendrai bientôt vous rendre visite. Je te le promets. Mais pour l'instant, il faut que je rentre chez moi.

— Pour nourrir Angel, intervint sa petite nièce, Elizabeth. Tatie doit nourrir le minou.

— Oui, exactement, répondit Sylvia, embrassant les enfants et donnant une énorme étreinte à Alice. Merci de m'avoir hébergée. C'était bon de vous voir.

— Tu peux venir quand tu veux. Je n'ai pas cuisiné du tout. Tu devrais vraiment faire ce voyage en Italie dont tu as toujours parlé.

— Peut-être que je le ferai, dit-elle.

Elle consulta son médecin à son retour et fut jugée prête pour un plâtre de marche. Heureuse de pouvoir échanger ses béquilles contre une canne, Sylvia marchait quelques pâtés de maisons chaque jour, sentant la force revenir dans sa jambe. Elle était ravie de reprendre le nourrissage d'Angel quand Isabella partit en voyage.

L'après-midi avant le vol d'Isabella, elles se rencontrèrent pendant quelques minutes dans le parc.

Isabella sourit de son habituel large sourire. — Merci de m'avoir laissé aider Angel. Je me sens comme une femme nouvelle.

— Tu as aussi l'air d'une femme nouvelle, dit Sylvia. Je t'ai à peine reconnue !

Isabella gloussa. — C'est ce que George a dit quand je l'ai vu la semaine dernière. C'est un vieil ami de mon mari. On se fréquente. Elle rougit.

— C'est bien pour toi. Sylvia était contente pour son amie. Amuse-toi bien à la course.

— Je n'y manquerai pas, dit Isabella en serrant Sylvia contre elle. Souhaite-moi bonne chance pour battre mon temps.

— Bonne chance ! dit Sylvia. Je te souhaite beaucoup de chance.

Isabella partit en petites foulées sur le chemin, et Sylvia s'assit sur le banc pour remplir la gamelle du chat et la poser sur le banc à côté d'elle. Angel était beaucoup plus brave maintenant, sautant sur le banc pour manger à sa faim.

— Eh bien, eh bien, dit une voix profonde derrière son oreille gauche. Je ne l'aurais jamais cru si je ne l'avais pas vu de mes propres yeux.

Jack se tenait à côté d'elle. Elle lui sourit timidement.

— Ma mère disait toujours qu'on peut accomplir beaucoup de choses si on est patient.

Il contourna le banc pour lui faire face. — Comment vas-tu ? J'ai essayé de t'appeler plusieurs fois, mais il semble que je t'aie manquée. Je voulais t'expliquer à propos de-

— Pas besoin d'expliquer, dit Sylvia. Cassie m'a dit que ta femme était rentrée. Je vous souhaite le meilleur.

— C'est justement ça, dit Jack. Cassie a mal compris la situation. Un vœu pieux, je suppose. Emma n'est pas revenue. Elle est seulement venue me faire la leçon sur mon traitement de notre fille et présenter son fiancé à Cassie.

— Son fiancé ?

— Elle et Lorenzo vont se marier. Ça a pris quelques semaines, mais je pense que Cassie accepte enfin que notre mariage soit terminé. Cassie va voyager en Espagne pour voir où vit sa mère.

— Ta femme n'est donc pas revenue ?

— Ex-femme. Non, notre mariage est fini. Mort.

— Je vois, dit Sylvia.

— Vraiment ? demanda Jack. Sylvia, je suis tellement désolé si tu as été blessée par cela. Je voulais juste que tu le saches.

— Tu dois être en route pour le train, dit Sylvia.

— Oui, en effet. J'ai encore quelques tours à faire avant qu'on ferme pour la journée. Je peux t'appeler plus tard ? Il avait l'air si plein d'espoir et son cœur battait plus vite.

— Non, je veux dire... Eh bien, j'espérais... Tu me dois toujours un tour de train, dit-elle.

Il tendit la main pour serrer la sienne. — Oui, c'est vrai. Viens.

*J*ack mena le chemin vers le train et écouta Sylvia lui raconter sa visite chez sa sœur. Il pouvait l'écouter toute la journée sans s'en lasser. Après avoir conduit le train deux fois autour de la piste, il l'arrêta en douceur devant la gare pour faire descendre les enfants. Tyler l'attendait.

— Salut, Tyler. Tu es prêt pour le dîner ? Il se tourna vers Sylvia. Tyler et moi allons essayer ce nouveau restaurant au bord du parc ce soir.

— Pas possible. J'ai un rendez-vous chez le dentiste, répondit Tyler.

Jack plissa les yeux vers son jeune ami. — Je ne savais pas que tu avais un rendez-vous.

— Je viens de le prendre, répondit Tyler en montrant son téléphone portable. Ils ont eu une annulation et ont pu me caser. On remet ça ?

Jack ravala un soupir exaspéré et se tourna vers Sylvia. — Voudrais-tu te joindre à moi pour dîner ?

Sylvia cligna des yeux en regardant Jack. Elle avait observé l'échange. — Je... Je... Elle s'interrompit et le regarda dans les yeux.

— Dis oui, insista-t-il. Cet ingrat m'abandonne à mon propre sort, et je déteste manger seul.

— Très bien, alors. Oui.

Il résista à l'envie de la serrer dans ses bras. — À demain, Tyler.

Mais Tyler était déjà en route vers le parking, et Jack aurait juré l'entendre siffloter.

Ils entrèrent dans le restaurant, et Sylvia frappa des mains avec enthousiasme. — C'est italien, dit-elle. Je pars en Italie dans deux mois. J'ai réservé mon billet hier.

— Alors, tu vas finalement faire ton tour culinaire.

— Oh oui. Et ensuite, je chercherai peut-être un emploi de cuisinière dans un restaurant comme celui-ci.

Ils passèrent les minutes suivantes à parcourir le menu, et l'heure suivante s'envola tandis qu'ils rattrapaient le temps perdu.

— Tu m'as manqué. Il prit sa main entre les siennes.

— Tu m'as manqué aussi.

— Penses-tu que nous pourrions

recommencer à zéro, tout reprendre depuis le début ?

— Je préférerais reprendre là où nous nous étions arrêtés, dit-elle. Les premiers rendez-vous sont tellement gênants.

— J'aimerais beaucoup ça.

~

Trois mois plus tard, Jack se tenait à la porte d'arrivée de l'aéroport et sourit en voyant Sylvia marcher vers lui.

— Comment s'est passé ton voyage ? demanda-t-il.

— Mon voyage était merveilleux. Elle le laissa la prendre dans ses bras. Mais c'est tellement mieux d'être de retour à la maison.

ÉPILOGUE

Avant-propos

Cet épilogue a été rédigé en réponse aux questions des lecteurs sur ce qui arrive ensuite à Sylvia, Jack et Angel.

Merci d'avoir posé ces questions. J'espère que vous l'apprécierez.

PREMIÈRE PARTIE

Sylvia m'appelle Angel. Il m'a fallu beaucoup de temps pour comprendre que c'était mon nouveau nom, car on m'appelait autrefois Trouble avec un T majuscule. J'avais un penchant pour grimper aux rideaux et aux arbres de Noël quand j'étais jeune, et ma dernière humaine n'appréciait pas.

Je le sais parce qu'elle disait : — Je n'apprécie pas ça, chaque fois que je grimpais quelque part. Même après que j'ai arrêté de grimper aux arbres d'intérieur et aux rideaux pour me contenter des plans de travail afin de me rapprocher du poulet, elle n'appréciait toujours pas.

Mais c'était durant mon année de chaton et depuis, j'ai appris à me comporter correctement dans une maison, bien que, comme je ne reverrai peut-être jamais l'intérieur d'une maison, ça n'a plus vraiment d'importance que je me souvienne de mes bonnes manières d'intérieur.

Quoi qu'il en soit, revenons à Sylvia. Je l'aime bien. Elle a été, jusqu'à il y a quelques semaines, une humaine fiable. Elle m'apporte de la nourriture tous les jours depuis le printemps, et il semble qu'elle ait demandé de l'aide pendant son absence. Une autre femme, celle qui court, vient tous les jours depuis que Sylvia est partie, et me laisse de la nourriture. Pas la bonne nourriture que Sylvia apporte, mais de la nourriture quand même. Parfois, Jack aide aussi. Ces derniers jours, c'est surtout Jack. Il ne s'enfuit pas comme la coureuse. Au contraire, il semble vouloir de la compagnie. Je ne sais pas trop quoi penser de Jack. Il prend beaucoup du temps de Sylvia. Du temps qu'elle pourrait passer à me rendre visite.

Elle me manque.

Jack s'assoit sur le banc la plupart des jours. Notre banc, celui où Sylvia s'assoit habituellement avec lui et celui où elle s'est assise le jour où elle a commencé à m'apporter de la nourriture. Le banc est dans une partie ombragée du jardin du parc, ce qui est bien parce que nous sommes à la fin de l'été et qu'il fait encore chaud la plupart du temps. Je l'observe depuis les buissons, car il ne faut jamais trop s'approcher des étrangers, et j'écoute.

Il a l'air mélancolique. Comme s'il souhaitait aussi qu'elle soit là. Je le sais parce que quand je me faufile pour aller chercher la nourriture, il me dit qu'elle lui manque, qu'elle est partie faire un tour culinaire en Italie pour apprendre à mieux cuisiner. Bien qu'il ne pense pas qu'elle ait besoin de mieux cuisiner. Il pense qu'elle est parfaite telle qu'elle est.

Mes oreilles se dressent quand j'entends le mot cuisiner. J'espère qu'elle apprendra à faire plus de nourriture pour chats. Ma première humaine, celle qui m'appelait Trouble avec un T majuscule, était un as en cuisine. J'adorais vivre là-bas, surtout après que je l'ai dressée à me nourrir en premier.

Aujourd'hui, Jack semble avoir le pas léger quand il s'approche du banc. — Angel, dit-il, elle est rentrée. Elle sera là d'une minute à l'autre.

Je le regarde, puis je regarde le chemin, puis à nouveau lui. Personne ne vient, pauvre âme naïve. Il a dû avoir un de ces rêves que les humains font en plein jour ou s'être laissé aller à des élucubrations. Vraiment, les humains ont parfois les idées les plus étranges.

— Tu ne me crois pas, n'est-ce pas ? dit Jack. Je l'ai vue de mes propres yeux. Je l'ai ramenée chez elle hier. Et je sais qu'elle sera là cet après-midi, et qu'elle a une surprise pour toi.

Je regarde à nouveau cet homme naïf et secoue lentement la tête. Il semble très convaincu, et j'espère qu'il a raison. La voix douce de Sylvia et la façon dont elle caresse ma fourrure me manquent.

Je ne m'étais pas rendu compte à quel point les caresses sur ma fourrure me manquaient jusqu'à ce qu'elle tende enfin la main pour essayer. C'était hésitant au début, un toucher très léger, presque imperceptible. Mais quand j'ai appuyé ma tête contre sa main, elle a appuyé un peu plus fort, et je l'ai laissée me caresser pendant de longues minutes jusqu'à ce que je reprenne mes esprits et m'éloigne. Les humains peuvent être gentils, mais il ne faut pas trop s'y attacher. On peut les perdre et alors où en est-on ? Domestiqué, choyé un jour, forcé de se débrouiller seul et d'attraper sa propre nourriture le lendemain. Et je vous le dis, après avoir goûté à de la délicieuse nourriture cuisinée, mon palais n'a pas apprécié la souris crue, bien que mon estomac vide ne se soit jamais plaint.

Jack fait maintenant rebondir son pied de haut en bas, et je reste bien à l'écart de sa jambe qui vibre. La dernière chose dont j'ai besoin, c'est d'être piétiné ou bousculé par un homme trop excité. Vraiment, j'aimerais qu'il aille faire une promenade ou qu'il apprenne à rester tranquille.

Puis il s'arrête, et je me demande si mes pensées ont provoqué cela. J'ai entendu des gens parler de ce genre de choses ici dans le parc. La pensée positive, se concentrer sur ce qu'on veut. Les deux femmes qui marchent dans le parc tous les jours quand le soleil est au zénith en jurent, et jusqu'à maintenant, quand j'ai pensé une pensée et qu'il s'est arrêté, ça n'avait jamais marché pour moi.

Il regarde à nouveau le chemin et se lève, alors je suis son regard. Eh bien, je veux bien être pendu, mais c'est exactement comme il l'avait dit. Sylvia arrive, et il marche vers elle, l'enlaçant. Je ne sais pas trop ce que j'en pense !

C'est **ma** personne. Pas la sienne. Ayant été chat unique toute ma vie, je ne suis pas doué pour le partage. Je vais vers elle, en me tenant à distance de Jack et en m'approchant de ses jambes par derrière, pour me frotter contre elles. J'ajoute un bon gros Miaou, essayant d'attirer son attention bien qu'il l'accapare maintenant, la serrant contre lui. Mettant sa bouche sur la sienne. Elle semble aimer ça parce qu'elle fait des petits bruits comme un chaton. Si je ne fais pas quelque chose rapidement, elle va se mettre à ronronner. Une fois que cela arrive, il voudra la garder. Les hommes, d'après mon expérience, aiment les ronronnements.

Je miaule plus fort. Beaucoup plus fort et j'enroule ma queue autour d'elle en marchant entre ses jambes, essayant d'attirer son attention. Finalement, je me résous à planter mes griffes dans le tissu de son pantalon. Elle pousse un petit cri,

et je ne ressens pas le moindre remords.
Un chat doit faire ce qu'un chat doit faire.

Après ce qui me semble être beaucoup
trop longtemps - il a de nouveau son
visage près du sien - elle s'arrête, recule,
et se penche enfin pour me dire bonjour.
L'attente en valait la peine. Elle me
caresse et je savoure l'attention. C'est bien
qu'elle soit enfin rentrée.

Elle sort alors quelque chose de sa poche,
me le passe autour du cou et le serre.
Qu'est-ce que c'est ? Un collier. Je ne suis
pas un chien ! Je me plains bruyamment
et essaie de l'arracher avec mes pattes,
mais elle ne fait que rire de mes
tentatives.

— Oh Angel, ne sois pas fâchée. Je veux
juste m'assurer que personne ne t'emmène
à la fourrière, dit-elle. Je veux que les
gens m'appellent en premier s'ils te
trouvent. C'est pour qu'ils sachent que tu

appartiens à quelqu'un, même si tu ne me fais pas assez confiance pour que je te prenne et te ramène à la maison.

Je me lève et la fusille du regard, essayant, à travers ma colère, de comprendre ce qu'elle dit. Elle veut être mon humaine. Eh bien, zut. Je fais une dernière tentative sans conviction pour retirer ce truc de mon cou, puis je m'éloigne vers notre banc, prenant soin de garder ma queue bien haute et de la balancer pour qu'elle sache ce que je ressens, puis je me blottis en dessous pour montrer que je suis fâchée, mais pas trop. Si elle m'a apporté quelque chose de bon à manger, je pourrais même lui pardonner.

Jack rit de moi et dit :

— Eh bien, c'est un début. Elle te fait un peu plus confiance qu'avant.

Sylvia semblait heureuse de cela. Je peux le dire à la façon dont elle montre ses dents.

— On verra comment ça se passe, dit-elle. Pour les prochaines semaines, j'ai l'entreprise de rénovation de ma cousine qui refait entièrement ma cuisine. Elle avait une ouverture dans son planning et me fait des tarifs famille, donc je la fais enfin faire exactement comme je le veux.

— Je vois, dit Jack. Bien que je doive dire, je ne pense pas qu'il ait vu du tout. Il avait l'air déçu. Contrarié même. J'aimerais pouvoir comprendre pourquoi. J'aimerais pouvoir lui demander.

— Quelque chose ne va pas ? demande Sylvia, et je tourne brusquement la tête pour la fixer à nouveau. Peut-être que ce truc de lecture dans les pensées fonctionne vraiment. Peut-être que je devrais demander ce que je veux vraiment. Comme vivre avec Sylvia dans sa maison. Faire la grasse matinée tous les jours. Ne plus avoir à chasser les rayons de soleil pour rester au chaud, ou les souris, ou pire, les insectes frétillants, pour me nourrir, mais avoir le chauffage central et de la cuisine maison à nouveau. Je me concentre sur cette idée. Ça me rend heureuse.

— Rien ne va pas, lâche Jack.

— Si tu es sûr, dit-elle, avant de décrire une cuisine qu'elle a vue en Italie et comment elle utilise certains des mêmes concepts dans sa rénovation. Beaucoup de lumière naturelle, dit-elle. Lumineuse, aérée, accueillante. Ce sera assez grand pour que je puisse démarrer une petite entreprise de traiteur à domicile. J'ai travaillé pour une femme, il y a des années, qui avait sa propre entreprise de traiteur, et j'adorais ça.

Jack la regarde parler comme si elle était la chose la plus importante au monde. Je vais devoir aiguiser mes griffes. Je ne veux pas qu'elle arrête de me rendre visite parce qu'elle l'aime mieux. J'ouvre la gueule et miaule aussi fort que je peux. Ils se tournent tous les deux vers moi, et je remarque qu'il fronce les sourcils. Bien.

— Oh, Angel, je suis désolée. J'étais tellement heureuse de rentrer et de vous voir tous les deux que j'ai oublié. Tu veux voir ce que je t'ai apporté ? Elle quitte Jack et vient s'accroupir devant moi. J'aime quand elle fait ça. Quand elle se met à mon niveau comme un chat. Je décide de la récompenser et me lève pour frotter ma tête contre sa main.

— Attends, dit-elle, en se laissant tomber en arrière pour s'asseoir par terre. Laisse-moi te le chercher. Elle retire de son épaule le sac de belles choses qu'elle porte toujours et je m'assieds sur mes hanches, en attendant. Elle plonge la main dans le sac et en sort un de ses contenants alimentaires faits maison. Ma bouche salive déjà. Ça va être bon.

Pendant que j'attends, Jack reste en retrait. Bien. Il connaît sa place dans la vie de Sylvia. Je suis le chat en chef, et il est plus bas dans la hiérarchie. Tant qu'il y reste.

Sylvia pose la nourriture devant moi et je prends ma première bouchée. Divin. Tout le reste s'efface. Sylvia, Jack, même le rouge-gorge agaçant qui semble toujours être hors de ma portée quand je meurs de faim, mais aime pépier. Se moquer de moi. Rien ne va m'interrompre pendant que je mange ce merveilleux festin.

C'est fini trop vite, et je recule, levant les yeux pour voir si elle en aurait peut-être apporté plus, mais elle secoue la tête.

— Pas aujourd'hui, Angel. Mais demain je t'en apporterai encore.

Puis elle me caresse la tête et s'éloigne avec lui, et je me dirige vers mon endroit préféré du jardin pour trouver un rayon de soleil.

DEUXIÈME PARTIE

Le lendemain, je l'attends à nouveau, sous un buisson près de notre banc, à l'abri des regards des passants mais assez proche pour la voir quand elle arrivera. J'espère qu'elle viendra bientôt. J'ai faim et elle m'a promis plus de cette nourriture savoureuse. Du poulet. J'aime le poulet.

Quand le soleil est haut dans le ciel, presque au zénith, au moment où je pense à partir à la recherche d'une souris ou à tenter une nouvelle approche avec ce rouge-gorge agaçant, elle arrive enfin. Correction.

Ils arrivent enfin.

— Qu'as-tu pour moi ? rit-elle à son adresse. Elle ne m'a même pas remarqué du tout. — Tu as dit que tu avais une surprise.

— Juste une minute, dit-il, et il sort un grand mouchoir de sa poche qu'il place sur le banc, même si la rosée s'est évaporée depuis des heures. J'observe attentivement car ce comportement me semble étrange, même pour des humains. Il lui fait signe de s'asseoir sur le banc, et elle s'assied sur le mouchoir en riant à nouveau. J'aime le rire de Sylvia. Ce n'est pas le rire bruyant comme celui de l'âne du zoo pour enfants que certains humains ont, mais un son cristallin qui me fait du bien.

— Que fais-tu ? demande-t-elle quand il se tient près d'elle et puis met un genou à terre, près du sol. Je reste en retrait. Essaie-t-il de me faire sortir pour que je devienne ami avec lui ? Mais non. Il ne me regarde pas du tout. Il la regarde, elle, et lui tend une petite boîte avec quelque chose de brillant à l'intérieur. Il ferait mieux de faire attention ou une corneille va repérer cet éclat et s'en emparer.

Elle met ses deux mains sur son visage et secoue la tête.

— Sylvia, dit-il. Je sais que toi et moi ne nous connaissons que depuis quelques mois, mais...

— Oh Jack, dit-elle, les mains toujours sur son visage. Je ne sais pas si elle est heureuse ou triste. Elle a de l'eau dans les yeux comme les humains en ont souvent et parfois cela signifie qu'ils sont tristes, comme Sylvia l'était autrefois. Mais parfois cela signifie qu'ils sont heureux. Et parfois cela veut juste dire qu'un insecte s'est envolé dans leur œil. Il n'y a pas beaucoup d'insectes aujourd'hui que j'ai remarqués.

— Depuis que je t'ai vue pour la première fois ici dans ce parc, essayant d'attirer Angel hors des buissons, dit-il en hochant la tête dans ma direction, et je recule encore. Je ne savais pas qu'il m'avait vue. Il faudra que je m'en souvienne à l'avenir.

— Jack, dit-elle, mais il lève la main pour l'arrêter.

— Laisse-moi finir d'abord.

Elle hoche la tête et attend qu'il continue.

— Depuis ce jour, juste ici à cet endroit, être avec toi m'a fait me sentir plus moi-même que je ne l'ai été depuis des années.

Tu m'as aidé à me rappeler que j'aime essayer de nouvelles choses, apprendre, grandir. Mais tu m'as aussi fait apprécier les choses quotidiennes de la vie. Comme regarder un écureuil dans l'arbre ou se lier d'amitié avec Angel et essayer de gagner sa confiance.

— Tu m'as aidée aussi, dit Sylvia. Quand je t'ai rencontré, j'étais devenue une recluse, tu sais. Toi et Angel m'avez donné une raison de venir ici tous les jours.

Toi et Angel ? Cela voulait-il dire qu'il était le chat dominant ?

— Laisse-moi finir avant que mes muscles ne se bloquent et que je reste coincé ici, rit-il. Elle met ses doigts sur ses lèvres et les tord pour qu'aucun mot ne puisse sortir.

— Tu as changé ma vie. Plutôt que de prendre ma retraite et de m'effacer dans le crépuscule, tu m'as fait voir que j'ai encore tellement à donner à la vie. Je peux essayer de nouvelles choses, vivre de nouvelles aventures, et je veux que ces aventures soient avec toi, Sylvia. Je t'aime.

— Je t'aime aussi, dit Sylvia.

— Veux-tu m'épouser ? demande-t-il, en poussant la petite boîte vers elle.

Elle hoche la tête de haut en bas. — Oui, oui, bien sûr que je le veux. Puis elle met la chose brillante, une bague, à son doigt et attrape ses mains pour l'aider à se relever du sol. Ils s'assoient ensemble sur le banc, collant leurs visages l'un contre l'autre pendant longtemps, puis se souviennent enfin de moi.

Sylvia sort à nouveau la nourriture faite maison et je la mange aussi vite que je peux pour pouvoir m'en aller et réfléchir. Je devrai rentrer mes griffes autour de lui à l'avenir.

Les chats dominants n'aiment pas être griffés.

TROISIÈME PARTIE

Les feuilles couvrent maintenant le sol. Tellement de feuilles. J'aime les pourchasser et parfois, quand les ouvriers viennent les rassembler en tas, j'aime sauter dedans jusqu'à ce qu'ils me chassent.

Aujourd'hui, Sylvia et Jack sont venus me voir. Ils viennent ensemble depuis qu'il lui a offert la bague. Elle marche avec lui jusqu'à notre banc, puis il va à la gare. À la fin de la journée, elle revient le chercher. Je ne sais pas où elle va entre-temps, mais je sais qu'elle n'oublie jamais ma nourriture. C'est vraiment une humaine fiable.

Aujourd'hui, ils sont là ensemble, et il porte quelque chose de gros. Je recule un peu. Il a été gentil jusqu'à présent et est toujours aimable avec moi, mais il n'est pas Sylvia. Il pose la chose par terre et je suis méfiante. C'est une boîte, et elle a une porte. Il ouvre la porte et Sylvia me regarde puis met ma nourriture à l'intérieur.

Je recule. Pour qui me prend-elle ? Une idiote ? Pourquoi entrerais-je dans une petite boîte ? Non. Je serai mieux à chasser des souris. Je remue la queue et me retourne pour partir.

— Angel, me rappelle-t-elle et je me retourne pour la regarder, bien que je sois extrêmement déçue. Angel, viens ici, dit-elle. Elle a maintenant la nourriture dans sa main. Eh bien, c'est une amélioration. La boîte devait être son idée à lui. Je le fusille du regard, pour qu'il sache que je sais qu'il est responsable.

Elle s'approche de moi et tend la nourriture. Je cède et marche vers elle. Elle a encore fait mon plat préféré. Le poulet. C'est du bon. Je prends une bouchée et elle me laisse faire, puis elle s'éloigne un peu, tenant toujours la nourriture. Ma bouche salive pour en avoir plus, alors je la suis, mangeant un peu à chaque pas jusqu'à ce que je sente une main sur mon cou. Il m'a attrapée par le collier ! Je me débats et me bats. Je ne veux pas ça. Pas du tout. Mais avant que je ne m'en rende compte, je suis dans la boîte, piégée, et il a soulevé la boîte et ils s'en vont. Je me tiens dans la boîte, essayant de garder l'équilibre sur le sol oscillant et je me plains aussi fort que possible, mais ils ne semblent pas s'en soucier.

Ils m'emmènent au parking, une partie du parc où je ne vais jamais parce que les voitures sont imprévisibles, et ils me mettent sur la banquette arrière d'un camion. Je me plains à nouveau, mais Sylvia rit simplement. Je ne l'aime pas aujourd'hui.

— Heureusement qu'on n'habite pas loin, dit Jack. Je ne pense pas pouvoir supporter ces miaulements plus longtemps.

— Elle a juste peur, dit Sylvia. Je sais qu'elle sera heureuse une fois qu'on sera à la maison.

Ils montent dans la voiture, et nous partons. Vaincue pour l'instant, je me blottis dans le coin de la boîte.

Comment vais-je retrouver mon parc ?

QUATRIÈME PARTIE

Il neige dehors aujourd'hui. Je suis blottie sur le rebord de la fenêtre dans le salon de ma nouvelle maison, observant les gros flocons et reconnaissante de ne pas être dehors, cachée dans les broussailles comme l'année dernière. Sylvia avait raison. J'avais peur de quitter mon parc. Peur de faire à nouveau confiance à un humain. Peur de croire que mon rêve de devenir un chat d'intérieur pourrait un jour se réaliser.

Elle m'a dit un soir, peu après mon arrivée dans notre maison douillette, qu'elle comprenait mes craintes. Elle aussi avait eu peur de laisser un autre humain entrer dans sa vie. Peur de faire à nouveau confiance à quelqu'un. Mais elle avait changé d'avis quand elle avait rencontré Jack et elle espérait que je serais heureuse ici.

Jack est dehors aujourd'hui, déblayant la neige avec une grosse machine. Il aime faire ce genre de choses. Travailler dans le jardin, construire, réparer des choses, et il aide Sylvia avec sa nouvelle entreprise quand il le peut.

Sylvia aime cuisiner dans sa nouvelle cuisine mais aujourd'hui elle fait des crêpes sur le poêle dans le salon et des gens viennent en visite, échappant au froid.

Je regarde autour de moi les gens présents et me pelotonne encore plus avant de m'endormir.

C'est bon d'être chez soi.

Merci

Chère lectrice, cher lecteur,

J'espère que *Un Nouveau Départ en Amour*, la première histoire de Sunshine Bay, vous a apporté des moments de joie et de douceur.

Pourquoi ne pas poursuivre votre voyage à Sunshine Bay ? Le prochain livre de la série, *Retour à l'amour*, vous attend—avec encore plus de tendresse, de secondes chances et du charme d'une petite ville à savourer.

Et pour être parmi les premiers à découvrir les nouveautés de Sunshine Bay, rendez-vous sur JeanineLauren.com pour vous inscrire à ma newsletter.

Enfin, si vous avez aimé cette histoire, pourriez-vous prendre quelques minutes pour laisser un avis ? Vos mots aident d'autres lecteurs à découvrir la série et me permettent de continuer à écrire des histoires pour vous.

À très bientôt et bonnes lectures !

Jeanine Lauren

À PROPOS DE L'AUTEURE

Jeanine Lauren est une auteure à succès figurant sur la liste des meilleures ventes de USA Today. Elle écrit de la fiction féminine et des romances douces qui célèbrent l'amitié, l'amour, la communauté et les secondes chances.

Bien que Jeanine écrive depuis la majeure partie de sa vie, beaucoup (bon, presque tous) de ses mots ont été consacrés à ses emplois de jour, ses dissertations, son travail bénévole, ou utilisés pour créer d'interminables listes de « choses à faire » qu'elle consulte rarement.

En 2019, Jeanine a enfin publié le premier livre de sa série Sunshine Bay — Love's Fresh Start — suivi de plusieurs autres, et elle écrit maintenant aussi vite qu'elle le peut, essayant de rattraper le temps perdu.

Pour savoir quand les prochains livres de Jeanine sortiront, inscrivez-vous à sa liste de diffusion sur www.jeaninelauren.com

Jeanine vit dans la région du Lower Mainland de la Colombie-Britannique, au Canada, non loin de la ville fictive de Sunshine Bay où vivent la plupart de ses personnages.

Rejoignez sa newsletter ici : https://www.jeaninelauren.com

www.ingramcontent.com/pod-product-compliance
Lightning Source LLC
Chambersburg PA
CBHW031043310726
48969CB00007B/2100